U0841032

故乡的味道

逄存磊 著

北京出版集团公司
北京十月文艺出版社

新经典文化股份有限公司
www.readinglife.com
出　品

目　录

辑一

辑二

辑三

辑　一

酸

有一种野果子，略大于豌豆，初生为青色，渐次变为红黄。孩童摘来吃，齿咬皮破，汁水溅出，其酸能让口腔猛一抽搐，然后大皱其眉，挤眼，吸气，津液满口，滋味莫可名状。此物因之名为酸啾啾，真是儿童的叫法，形象极了。

许久之后，才知晓这物什所依的树株，学名为沙棘，俗称有许多，如黑刺、醋柳、黄酸刺、酸刺柳等。沙棘树属落叶灌木或乔木，大约一人高，幼时的我即使矮小，也还够得着那些果子，不过并不好采，因为从枝条上摘的时候，劲儿稍大一点，果子就会破，没法子吃了。果子的皮十分薄，其间拿捏分寸算得要紧。也就是吃着玩儿罢了，果子之小，与苹果、梨子比，几近格列佛入巨人国。

描述酸啾啾时，易和灯笼果混淆，因模样、酸味都有些像。灯笼果也是小球形状，不过身上有一道道的纵向纹路，真如小灯笼般。灯笼果的酸和酸啾啾的酸略有区别，酸啾啾不论是成熟或未成熟，均酸得要命，而灯笼果，尚未成熟时极酸，熟后，就以酸甜为主了。如此看来，酸啾啾之酸味乃一以贯之，不妥协到底。

谈起酸，留在记忆中最早的，是在还未上学的年龄，就开始为家里打醋打酱油。其时现成包装好的并不盛行，家家户户多打散装的，用自家的壶或瓶子。百货店铺有两口大缸，一盛醋，一盛酱油，缸边挂着或盖子上搁着一个提子，通常为半斤的容量。我拎着两只瓶子，付钱给店里，售货的给每只瓶子里各来两提子装满，就完事了。我走出店，左手酱油瓶，右手醋瓶，左顾右盼，对左边的无兴趣，右边则不。半道儿上，游游逛逛，东瞅西看，不忙回家，偷闲还要拧开右手的瓶子盖儿，对着小嘴来上一口，嘶——咧开嘴，吸溜着，抻着脖子，一副怪相，真是过瘾。一两口足够，多了受不了。

委派小孩子去买东西，如糖果，如饼干，如油条，

回家报到时清点，一定损失惨重，而打醋打酱油，大可放心，不会出入多少。不过，摔个大马趴的，要另当别论。

醋，可以用来做酸汤饺子。酸汤饺子，饺子要紧，酸汤更要紧，取的是那股酸味。做酸汤，适宜用香醋，别的差些滋味。其他材料，如紫菜、虾米、韭菜末、香菜末、葱花、芝麻、酱油等，搁在一大碗里，用滚烫的饺子汤冲开即可。吃饺子，讲究原汤化原食，而酸汤，乃更胜层楼，是原汤的进化。饺子吃完，来如此一碗汤，酸味之爽利，直沁脾胃，妙极了。

若说酸汤是主食的附庸或衍生，那酸辣汤就是独立门户了。此汤很普及，许多地域都有，做法也各式各样。我独喜一种川味的：锅内放入豆腐丝、香菇丝、肉丝、鸡丝及各类调料，水开后，淀粉勾芡搁入，随后放搅匀的鸡蛋；事前备好汤碗，里面有醋、胡椒粉、葱花等，锅内汤煮好后，倾入汤碗。这种汤不愧酸辣之称，确实酸得入脑，辣得呛鼻，消食也好，针对厌食也好，都是不妨一试的。

《本草纲目》谈及乌梅："梅实采半黄者，以烟熏之为乌梅。”这是熬制酸梅汤的首要原料。至于其制法，近人崇彝《道咸以来朝野杂记》中有云：“北京夏季凉饮，以酸梅汤为佳品。系以乌梅和冰糖水熬成，外用冰围之，久而自凉，不伤人，且祛暑也。向以琉璃厂信远斋及前门大街九龙斋最负盛名。其实不如西单之秋家梅汤，以其卖处设于牌楼南甬道中间，后因修马路，迫令迁移，其浮摊历年甚久，盖始于咸丰初年。余品信远味太浓，九龙味太清，惟秋家梅汤适得其中耳。”材料大致如此，但配方比例与制法细节各异，会导致成品的大不同，这也是《道咸以来朝野杂记》专列出若干家品牌的缘由。（其制作之讲究，金云臻在《曲巷市声》里也说：“一、绝对要用开水泡制、不许用冷水。故称‘热水梅汤’。二、冰块只能镇在缸外，绝对禁止冰块直接入内。因为天然冰不洁，所以只能外边加冷不能直接放入。”）

我是在北京才喝到酸梅汤的，有瓶装的，也有老字号的散装，不消说，前者不能和后者比。夏日饮一碗冰镇酸梅汤，何异于登仙（另有人讲“如一服清凉散，何必嚼冰雪而茹梅花”）？一碗不足，续之可也。

旧时，堂吃固然好，而便利起见，更多的是沿街叫卖。清郝懿行的《都门竹枝词》里言道：

“底须曲水引流觞，暑到燕山自解凉。铜碗声声街里唤，一瓯冰水和梅汤。”

《燕都小食品杂咏》亦云：

“梅汤冰镇味酸甜，凉沁心脾六月寒。挥汗炎天难得此，一闻铜盏热中宽。”

此中的铜碗或铜盏，乃直径三四寸的两只，走街小贩拿着，上下一磕，即发出清脆的声音，传出很远，街巷的住家便都知道了，小孩儿拿着罐啊碗啊，拽着大人就往外走，奔向解渴的爱物。小贩手中的铜碗，叫做“冰盏”，这名字实在是好，炎热季节闻此，消下许多腻汗去。（冰盏之声亦可卖冰块，如清程可则《燕京杂兴》其一：“京国无朝暮，三衢乐事多。绿杨人系马，紫陌夜鸣珂。铜盏敲冰卖，银镫载酒过。西河好颜色，乘兴一听歌。”）

若无冰盏，或会有叫卖声。闲园鞠农《一岁货声》所记颇为传神：

“又解渴，又带凉，又加玫瑰又加糖，不信您就闹碗尝一尝，酸梅的汤儿来哎，另一个味呀。”

而冰盏或叫卖声等种种景状，如今只能于书册中见到了。

说了这许多酸味道，可另补一种青杏。青杏之酸，罕有其匹，为何不等熟了再吃？尚是小学生的孩子只能讲：那棵杏树不是自家的，要吃等不得熟后，熟了就没你吃的份儿了。那时还没学过孔乙己的故事，否则早就说，窃杏非偷也，馋猫的事，能算偷么？

趁月黑风不高，走了老远，靠近人家院外的大杏树。蹑手蹑脚爬上去，拣低枝摘上几颗杏子，还没等放到嘴里，就听到狗叫声，吓得赶紧溜下来，撒腿就跑。两腿生风，亚赛兔子。

待得到了安全地带，顿有劫后余生的感觉，喘息未定，此时想起口袋里的青杏，抓起一颗，咬嚼起来，不过瘾，接着吃，津津有味，终于一个不剩。

次日清晨餐桌上，忽然发现，豆腐脑也触碰不得，原来牙倒了。

餍

肉之餍者，虽无梁山泊好汉大碗喝酒之辅，却有大口吃肉之概，算得上是不亦快哉的事情。所谓餍于肉，只是物质不丰裕的时代之追忆罢了，毕竟，如今遇到这般食物，多半是要敬而远之的。

幼时对扣肉，有“狠恨”的感觉。狠，是意欲一口吞下的恶狠狠；恨，是眼大肚子小的恨恨之意。家常的扣肉，无菜衬底，全然是肉，一条条肥多瘦少的片子肉，颜色可有两种，白或红，就看要不要劳烦酱油的大驾，我是均无意见的，反正入口的瞬间满足感难分高下。扣肉以在笼屉上蒸的方式制成，呈酥软状态，腻感已去掉不少，但饶是如此，八九岁的孩童猛攻三四片后，也有点受不了，脑中会产生一种晕的感觉，如酒醉，上头，这多半是肥肉造成的。有言道急火攻心，这儿似变成急吃攻脑了。此时,不得不停下来,吃些别的碟子里的蔬菜，咯吱咯吱，调节一下，多扒点米饭或啃点馒头，缓解缓解脑晕情状后，小手执筷再伸向扣肉碗，夹出晃晃悠悠的一大片来。不能不说，虽是强弩，却已末矣，勉强接续一两片，眼有余，心无力，再也吃不动，只好以青菜草草收场，然后奔跑消食儿去了。

长大以后再见扣肉，品种是多的，以各种菜做底，霉干菜尤著。要承认这种做法的合理，吸油性佳，且味道调和，不过就爽快而言，我吃过的扣肉算是无牵无挂，无遮无拦，直入人心，乃此行的当头棒喝者，不可忘也。

儿童的记忆力是惊人的，且常在成人不注意处。记得五六岁时，我在姥姥家小住，一天晚上跑到广场，看了一次露天电影，黑白的，里面的人物说话倒都能听懂，就是腔调有些怪，不与时同。故事有些苦情，印象最深刻的一处是，母子俩相依为命，妈妈为富人家帮佣，心疼孩子肚子饿，有一天从主家厨房把一些剔得干净不剩几丝肉的骨头带回来，孩子欢欣地接过，雀跃之情溢于言表。那时我想，这么一包得啃许多天呐。许久之后，据情节查了查这部片子，原来叫《一江春水向东流》，古旧的民国电影，左翼的，竟能在几十年后的北方露天看到，真是奇特。而幼时我的关注点，也要算是奇特。

能念念不忘这样的情节，是因对肉骨头的痴迷。啃骨头，如韩信将兵，多多益善，少则无趣矣，要来就来一盆。如此这般，现在容易，随时都可来得，而许久以前，多半只能等过年了。

而我，就是要等来过年时的满盆骨头。大锅煮起，费时良久，绝不用地老天荒这样的俗滥词，只在幼童的心里默念，盼将舒缓的时间折起，好了，好了，离火起锅。盖子揭开，热气蒸腾，满锅的肉骨头倾入盆中，十龄童如阿里巴巴面对四十大盗的藏宝洞窟，真是目瞪口呆。片刻后，复原常态，由小黑手洗净变来的小白手忙不迭抓起一个，塞入口中。这盆中，有棒骨，有扇骨，有腔骨，还有不知是什么骨的骨。个人体会，扇骨上的肉最易捕捉，吃得飞快，但肉质逊于棒骨。后者的肉弹性更好，入口润泽，唯梢部不易啃，且有脆骨，须下点咬劲儿，

肉消灭后，可将棒砸开，吸食骨髓，甘腻不可方物。

啃骨头，骨头上的肉剔太干净固然不可，留多了，也无太多意思。其间的分寸，略把握一下才好。前者呢，人比不得小狗狗，消受不了骨头本身，无肉，吃什么去呢；后者，若满坑满谷的肉，骨头本身的意义消退至幕后，那还不如直接去吃炖方肉来得省事。啃骨头是“技”，但嗜者要有求“道”的心，方有更大的进境，不可不察。

还有一种可餍之肉，乃红烧肉。提起这个，父亲单位的食堂中氤氲的气味不可略过，因为最早的红烧肉记忆就是来自此处。当时我八岁，是出了名的爱吃肉，父亲的同学同事皆知。一天午饭时，一位胖叔叔端着饭盒晃过来，说：“闭上眼，给你吃块红烧肉。”我闻声闭目，大大张开嘴，果然感到筷子夹着东西伸进来，便用力咬嚼下去，不妙，辣极，睁眼吐出来，原来是青辣椒，我哇的一声哭了。此事如何收场不记得，想来是获得了真正的红烧肉作为补偿吧，不过仍是我为红烧肉吃的一次苦头。

红烧肉是好的，但飘散在我记忆中的，肉味并非首位，却是一股萝卜气味——肉中的白萝卜。白萝卜并不是一种时时都好闻的菜蔬，尤其是单煮它，难闻之极，拒人于百米开外。不过将其与肉同炖，却是附色附味，妙哉。切成方块，与红烧肉共进退，白色的萝卜慢慢浸润了酱红色，好看许多，肉的气息进入其内，混合起原本的萝卜味，几乎产生质的变化，忽增魅惑力。尤其是公共食堂，敞开式，气味传之弥远，陆续来打饭的人们，尽数被这无形之物所笼罩。我作为一个小小食客，早已食指大动，小脚丫跑得飞快。

本是谈肉，却细说起了萝卜，几乎想单写一篇关于萝卜的文字，也是好笑。不过本来就是关于记忆的写作，随忆而流转，无所不可，不必管那许多罢。

野蔬

极熟悉，田野里分布极广的，我们俗称为苦苦菜。这类野菜，一株有几片叶子，披散着，叶片呈锯齿状，采时，用小铲子抵住根部，切断，整株放入篮中。苦苦菜长得老时，会开出花来，花谢结果，且顶部会有似蒲公英样的白色绒球，揪下，一吹，漫天飞舞。后来查了查，苦苦菜和蒲公英在植物学上都属菊科，怪不得。

小时的我，给小兔子采来吃，要嫩的，因稍老的苦苦菜，兔儿咬嚼起来总感觉嘴瘪瘪的，不大乐意，于是摒除那开花的、有绒球的，只要初生没多久的。我也吃过，倒不是为了和小兔共甘苦，就是想尝尝。摘嫩叶，去根，洗净，如烹制别的青菜一样倒锅里炒出，盛盘。尝尝，略苦（没负了它的名称），稍涩，但口感不错，有特殊的味道，不类别种菜蔬。焯后凉拌更佳，苦味更著，却也清新。

唐《食疗本草》里有种说法，“野苦荬五六回拗后，味甘滑于家苦荬，甚佳”，或是据实践得来，应有其道理，但野地里苦苦菜遍处，实在辨不出哪些是拗过五六回的了。

《诗经》中有云：“谁谓荼苦，其甘如荠。”这个“荼”，就是苦苦菜；而“其甘如荠”，这是拿荠菜与苦苦菜做比，不过苦苦菜苦，荠菜却说不上甘，更多应是清淡。苏东坡《与徐十二》言之：“今日食荠极美。念君卧病，面、酒、醋皆不可近，唯有天然之珍，虽不甘于五味，而有味外之美。”这种天然之美，令东坡亦忍不住于信中与人言说了。陆放翁《食荠》其一云：“日日思归饱蕨薇，春来荠美忽忘归。传夸真欲嫌荼苦，自笑何时得瓠肥。”放翁尝荠美之余，却也有着言外之意。

元贾铭《饮食须知》卷三菜类有“荠菜”条，曰：“取其茎作挑灯杖，可辟蚊蛾，谓之护生草。”这倒很有意思，不知是否属实，或许蚊蛾畏其气味而避开吧。

婆婆丁，也就是蒲公英。前面说过，它和苦苦菜均属菊科，苦苦菜可吃，婆婆丁自然也不会例外。人要吃，小兔子自然也吃得不亦乐乎。在采摘过程中，时时可揪下其白色绒球，“噗”，吹一口，无数小降落伞便各赴前程去了。

田野里的物什，称呼多以其形，有趣者不在少数。如一种我们呼为“猪耳朵”的，若告知其他地域的人，多不知为何物。我也是日后才知晓其正式名称——“车前草”，另有各种叫法，车轮菜、老夹巴草、猪肚菜、灰盆草、车轱辘菜等。而我还是沿用小时候的称呼吧，因其叶片，实在像二师兄头两侧那物件。这种菜，叶片肥厚自不待言，叶面上且有明显的脉络，如人手掌的纹路，但天造之妙的是，这脉络均为五条，概莫能外。另还会在未开花之前抽出穗子来，在小孩子的眼里，如微缩版的狼牙棒，时常拔将出来挥舞，构想一个虚拟的战斗场景。宋苏颂《本草图经》中说：“今人五月采苗，七月、八月采实。人家园圃中或种之，蜀中尤尚。北人取根日干，作紫菀卖之，甚误所用。谨按《周南诗》云：采采芣苢。

《尔雅》云：芣苢，马舄。马舄，车前。郭璞云：今车前草，大叶当道，长穗，好生道边，江东人呼为虾蟆衣。”可看出此物分布极广，南北方都有，入典籍之多，表明名气早已传播开来，而虾蟆衣之谓，亦极形象化。又明朱橚《救荒本草》提到它：“车轮菜，叶丛中心撺葶三四茎，作长穗如鼠尾。花甚密，青色，微赤。结实如葶苈子，赤黑色，生道旁，采嫩苗叶，煠熟，水浸去涎沫，淘净，油盐调食。”

日本幸田露伴写过一篇文章，名为《大叶子》，引古时《日本书纪》中一首和歌：

“古国城头立，伤心大叶子。频频挥领巾，面向大和泣。”

歌中之“大叶子”是女子的名字。幸田在文中又说起一种寻常的植物：“‘大叶子’是古称无疑，今乡下称之为‘蛙儿叶’或‘回回叶’，还有的叫‘匙叶’，是因为形状类似小勺子。称‘蛙儿叶’倒很奇特，蛙儿伸开两脚的状态酷似此草的叶子，按照名词起源说，应归入比拟类之中。但是较之正解，俗众总喜欢奇解，认为此草是蛙儿的灵药和守护神，于是就称为蛙儿叶的吧。”

日本之大叶子，即车前草。蛙儿叶的别称，暗合《本草图经》所言虾蟆衣，与猪耳朵倒也有着异曲同工之趣。

灰灰菜，相较别的伙伴来说，有点被贱视的意思。因其叶片单薄，采起来总感觉合用的不多，且看起来灰头土脸，不够体面，难免不太受重视。且灰灰菜生长极易，对农家的正常收成有所影响，常被当做害草。不过，若提起它的另一种称谓，“藜”，或许就免于为人等闲视之了。《韩非子·五蠹》中说道：“尧王天下也……粝粢之食，藜藿之羹。”其中的“藜”，即灰灰菜，“藿”是指豆叶，藜藿连称，意谓粗糙劣质的饭菜，几成为一种典故，太史公亦用过这种说法。而鲁迅在小说《非攻》里，写过打点行囊奔赴楚国的墨子：

“在壁橱里摸出一把盐渍藜菜干，一柄破铜刀，另外找了一张破包袱，等耕柱子端出蒸熟的窝窝头来，就一起打成了一个包裹。衣服却不打点，也不带洗脸的毛巾，只把皮带紧了一紧，走到堂下，穿好草鞋，背上包裹，头也不回的走了。”

吃的不仅是藜，还是晒成菜干，且盐渍过的藜，摩顶放踵利天下的墨子形象呼之欲出矣。（鲁迅如此写，乃以绍兴的腌干菜法拟之。）

茅针，别名不算少，如茅芽根、茅根、丝茅草、茅荑、兰根、茹根、地菅、地筋、兼杜、白茅菅、谷荻等。明鲍山《野菜博录》中说：

“春初生苗布地如针，夏生白花茸茸，至秋枯。根性寒，茅针性平，花性温，俱味甘，无毒。”

《本草图经》亦记茅针（茅根）：

“茅根，生楚地山谷田野，今处处有之。春生苗，布地如针，俗间谓之茅针，亦可啖，甚益小儿；夏生白花，茸茸然，至秋而枯；其根至洁白，亦甚甘美，六月采根用。”

可看出，两段文字中有若干字句是类似的。《野菜博录》中的描述多袭自朱橚《救荒本草》，也就意味着《救荒本草》又向《本草图经》借镜不少。

幼时拔茅针是为了吃它，可拔本身也是有趣的，为了听那吱的一声，小孩子不断寻找着新的茅针，伸出小手指，用力抽取。将茅针放入口中，嚼之，甜，是田野中的清甜。若论甜的程度，自然不及甘蔗之流，但其野朴之味，是无可取代的。读过清代吴其濬说茅针的一段文字，曰："紫茹未拆，银线初含，苞解绵绽，沁鼻生津，物之洁，味之甘，洵无伦比。每忆饧萧吹暖，绣陌踏青，拔汇擘絮，绕指结环，某山某水，童子钓游。盖因之有感矣。"这位谨严的植物学家，在简洁的科学说明文字及深刻的议论文字外，忽而写此美文，真是出于意表，令人欣喜不已了。

山上的物什

山上的物什，于我而言，非狼、狐、野鸡、野兔之类，亦非松、柏、云杉之属，却是微小的、附着于地面的东西。小时住的小城，虽不能套用“环滁皆山也”，但高低看去，或远或近总是山占了多数。尤其我家所在的大院子，后面就是山，若想去，拔脚即至，方便得很。这山有些奇怪，几近荒芜，无树，草也稀疏，或能招徕少许山羊，但会跑动的野物难得一见，几乎要扫尽玩乐的兴致了。幸好，还有若干不起眼的物什，如地皮菜和发菜。

地皮菜，我们直呼为地皮，可知其与地面关系之亲密了。这东西，在日朗风清时亦非没有，不过蜷缩在地上，皱皱巴巴，干而小，实在不起眼，全然处于被贱视的境地。一旦落雨，方为人所想起，雨稍停，拿起小篮子或小袋，来到山前，只见坡上有片片点点的黑色分布于疏草间，那就是地皮菜了。原来干巴巴的它们，在雨水的浸润下，一个个都鼓胀起来，其前后面貌的殊异实在令人惊奇。遍野皆是，捡不胜捡，拾者不免挑挑剔剔。小的忽略，只要大而饱满的，不多时，带来的篮子、袋子大致满了，即打道回府。以清水洗之，毕竟生于地面，少不得泥土和草屑，过几次水方可清净。炒食，炝葱花，多半佐以鸡蛋，盛盘，黑、黄、绿相间，滑润，略有土味儿，为此菜肴一特色耳。

明王磐的《野菜谱》中，有歌谣“地踏菜”云：

“地踏菜，生雨中，晴日一照郊原空。庄前阿婆呼阿翁，相携儿女去匆匆。须臾采得青满笼，还家饱食忘岁凶，东家懒妇睡正浓。”

这地踏菜，即地皮菜了。它另有多种叫法，地耳、地踏菇、地衣、地木耳、地皮菌、雷公菌、念珠藻、地软儿、地瓜皮等。清顾仲《养小录》“餐芳谱”中提及此物：“春夏生雨中，雨后采，姜醋熟食，日出即枯。”

因形态上略有相似，一度有些混淆葛仙米和地皮菜，后读邓云乡《云乡话食》中的《葛仙米·地皮菜》一文，算是明确区分了一下。我对葛仙米之得名颇为好奇，恰此文引了乾隆时汪启淑《水曹清暇录》中的记载：“广西北流县有葛洪岩，相传晋葛洪为勾漏令修炼于此，床灶犹存，岩下产米类小木耳，可治肺热，味亦清香，堪作美羹材，名葛仙米，充上方岁贡，户部主政……述。”原来此物解决了葛洪成仙历程上的充腹问题，方得此佳名。

多年后，我在异地餐馆的菜单上，偶见有地皮菜与鸡蛋合炒，点之，待菜上品尝，味道大略如先，有些快慰，亦有稍许怅然。

李笠翁《闲情偶寄》中有云：

“菜有色相最奇，而为《本草》《食物志》诸书之所不载者，则西秦所产之头发菜是也。予为秦客，传食于塞上诸侯，一日脂车将发，见炕上有物，俨然乱发一卷，谬谓婢子栉发所遗，将欲委之而去。婢子曰：‘不然，群公所饷之物也。’询之土人，知为头发菜。浸以滚水，拌以姜醋，其可口倍于藕丝、鹿角等菜。携归饷客，无不奇之，谓珍错中所未见。此物产于河西，为值甚贱，凡适秦者皆争购异物，因其贱也而忽之，故此物不至通都，见者绝少。”

笠翁是有见识的，而清末民初薛宝辰之《素食说略》亦记此物，卷二“焖发菜”条曰：“海蔬中，惟黑色之鹿角菜可久煮。余如白色之鹿角菜、凤尾、紫菜及东洋粉，水煮即化，而发菜及海带可久煮。发菜以高汤煨之，甚佳。或与白菜丝或笋丝同煨，亦清永。”薛宝辰尚认为发菜乃海蔬，表明其知其然（吃过）而不知其所以然（未见发菜之生长环境），且未细读笠翁《闲情偶寄》，以至有此误。

发菜的别名不在少数，如地毛、旃毛菜、地毛菜、仙菜、净池菜、头发菜、猪毛菜、龙须菜等。不识发菜者，未免视其为“乱发一卷”，其误可发一笑。不过，这亦是发菜的表象特征，其单丝委地时已极似头发，若采集许多，团成球状，更与人的发团难以区分，也难怪。其实，此物与前述地皮菜有极深的血缘关系，共属念珠藻科，乃菌类与藻类的结合体。

采发菜，于幼时的我，游戏的成分占多数。因为这东西并非所在皆是，想找到“窝点”可不太容易，翻过一个山坡也未必有一处，要考验一点脚力。即使有幸找到了，收集起来也够费力，一丝一缕，要轻轻摘起，收存，大致如团毛线，多了，就会呈一球状。不过这是多么难的一件事呐，须太多的精力和时间，才能手握一只“球”，所以，还是当做游戏视之，不会产生厌烦的感觉罢。

发菜的吃，或有多种方式，不过因其本身的形态及珍贵度，做配料大约更合适些。自家如吃凉菜，可点缀以少量发菜，以热水焯之，使其充分发起，置于绿色的蔬菜或白色的豆腐顶上，绿黑或白黑相间，煞是好看。至于口感，润而筋，爽脆，笠翁言“其可口倍于藕丝、鹿角等菜”，大致如是。做汤时，若放一些，亦是别有风味的。

发菜本为山间野物，一入凡尘却意外地沾染了些本身所未有的东西。只因世人有借谐音讨口彩的偏嗜，发菜亦难逃其祸，与阿堵物连在了一起，商贾宴客多喜用之。对此无妄之灾，也是无可奈何的了，世间的事往往如此。

故乡的食物

人对于食物的偏嗜，多半有记忆与习惯的导引，小时吃过，种下了因，忘却就不易了。而此种记忆与故乡脱不开干系，在生养你的地方开花，于异地结出果子来。知堂曾说，“故乡对于我并没有什么特别的情分”，勿管显意还是潜意，我亦有同感，“我的故乡不止一个，我住过的地方都是故乡”。不过，就饮食上，最早的那一个故乡在记忆中还是有先导的优势的，即使如今极少吃到幼时的食物，记忆的沟渠中仍是隐隐回旋着若干。聊且摘取一些，也算是一种纸上的纪念罢。

蒸菜是豫东的一种特殊的食物，因为它的简朴，甚而至于吝惜。不仅口味清淡，取材上也有特别之处，大约有点人弃我取的意思。择菜时要扔掉的，或老了不太中吃的，均可作为这种菜的原料。其间隐含的饥饿痛感，是稍有历史感的人都可明晰的。

印象最深的是以芹菜叶子为主的蒸菜，以其特殊气味胜耳。北方吃芹菜通常只吃茎，叶子随手就丢弃了，是为可惜，而蒸菜独取之。做法是简单的：洗净芹菜叶，亦可掺入一些茎（切细条），在器皿中与适量的面粉混合，再以清水拌均匀，上笼屉，蒸熟即可。设一小碗，倒入醋及麻油，辅以蒜汁，以蒸菜蘸吃。这种极素的口味，小孩子未必爱吃，年纪大些的人或更能尝出滋味来。

关于芹菜的记载很早，《诗经》中有《采菽》："觱沸槛泉，言采其芹。君子来朝，言观其旂。"不过那是指水芹，与旱芹同属伞形科。而杜甫《崔氏东山草堂》有云："盘剥白鸦谷口栗，饭煮青泥坊底芹。"这里就是旱芹了。后来出来一些词，"芹意""芹敬""芹曝"等，即是把芹菜作微薄之意了。微薄如芹，那原本要丢弃的叶子，更是微末如斯，纳入蒸菜的笼屉内，几乎是它的一种新生，亦有快慰之意。

莴苣的叶子也适宜做蒸菜的原料，与芹菜相似的是，许多人吃莴苣，留茎抛叶，如此看来，蒸菜亦使得莴苣叶未落得明珠暗投的境遇。莴苣叶有些大，入锅前自然是要切开的，其他程序无异。清童岳荐《调鼎集》中谈及：“莴苣，然必以淡为贵，咸则味恶矣。”茎如此，叶亦然，而蒸菜之口味清淡，恰正中下怀也。（宋陶谷《清异录》记“千金菜”：“高国使者来汉，隋人求得菜种，酬之甚厚，故因名千金菜，今莴苣也。”这算得莴苣的由来，并奉送了一个好听别称。）

说起口感的淡，无过于以豇豆为主料的蒸菜。豇豆无芹菜的特殊气味，亦非叶子菜，清淡真是一以贯之，其借助于蒜汁、醋等调料之处就愈加明显了。说来也有意思，蒸菜所选用的豇豆，嫩的不大适宜，反而要略老的，这样蒸出来才经得起咀嚼。蒸菜之收留老豇豆，极能看出宽容与吝惜的意味。

虽无法查证蒸菜的具体起源，但自它的这种容纳气量来看，显然与长期的食物匮乏关系密切。蒸菜的做法简单，且原料不择细流、海纳诸类，是底层民众的发明，虽是因陋就简，却亦形成了一种风味，或是意外之获。

另一种食物，曰甜汤。此物极有意思，在一块地域内家喻户晓，几乎人人皆吃，普及度实在太高，但一出此地，似乎其名声立时烟消云散，没得了，且在外地似从未遇见过，奇怪之极。我想，是否因其口味的平淡和平凡，逗引不了其他地域食客的味蕾？

甜汤不甜，这“甜”字不是哄人，只不过是方言的关系。与“咸”相对的字眼，普通话曰“淡”，而有些地方用“甜”“白”“寡”等。甜汤者，即不加盐，汤是淡的。这显然可以和许多人知道的疙瘩汤区别开来，甜汤不加盐，而不能想象疙瘩汤如此。其实误会甜汤与疙瘩汤是一种食物，也未尝没有缘故，如都是用面粉搅拌出来，形成一些小的面疙瘩等。但甜汤里的疙瘩是极小的，有时更像是絮，这就意味着，制作者的手艺要高超，否则极易黏合为大的颗粒。汤里可放鸡蛋，蛋花散开，和面絮共在汤中沉浮，黄黄白白，亦有意味；或者也可以什么都不放，就是面与水的构成，不少人爱这种纯粹。甜汤的改良也是有的，有人家加入葱花、鸡蛋，放盐，显然是希图有滋味些。不过，此时的甜汤是否还能叫做甜汤，也就大有疑问了。

《本草纲目》有云：“北面性温，食之不渴；南面性热，食之烦渴；西面性凉，皆地气使然也。”不知确否，不过倒是给甜汤找到了些许理论的依据，虽然其存在已是事实，本无须附加什么。而面食地域的民众，为自己的日常生活发明此种饮食的方式，却是再自然不过了。

瓜豆酱、腌蛋与变蛋

瓜豆酱，其主要材料是黄豆和西瓜。在夏天，将黄豆洗净煮熟，撒上面粉，于闷热的环境下发酵，不几日，就会长出茸毛，表明已变为霉豆；其后在日光下晒干，放入坛子内，再把去皮的碎西瓜混进去，加盐加姜片八角茴香等，搅拌均匀，封口。其后，每日搅拌一次，注意不可掺入杂质，数十天后便成了，食用即可。

制作此酱，季节是固定的，因需要西瓜，且要较热的温度，只能是夏季（除非不惜成本在温室内，且购买反季节的西瓜，品种未必合适）。选用西瓜要成熟的，不能半生，否则影响酱的口感；用瓤，不必去籽，任其在内。

我小时吃瓜豆酱，多是早餐，与馍馍、粥并列。馍馍就瓜豆，再喝口粥，习以为常。既习以为常，酱的滋味也就习焉不察，只有长大后吃遍别的地域的各种酱，方回味出瓜豆酱的特别来。此酱口味算不得重，其别致乃在于有股西瓜的清新滋味，这与许多酱的“浊”味是有区别的。若以蔬菜蘸着，再配以馍馍，味道的混合更有意思。

炒菜时，未尝不可放入一些瓜豆酱。生酱在热油中爆熟后，会散发出浓重的香味，配合菜蔬及肉，颇有颊上添毫之妙。

孩童吃瓜豆酱，有一乐趣，是捡拾里面的西瓜子。大人吃到酱中的瓜子，多不耐，随便扔掉算了；小孩子另样，要吃它，牙齿嗑开，得到小小的仁儿，细细品味。西瓜子虽有外壳护卫，但在幽暗的坛子内度过数十个日子，从里到外不免被浸泡透了，那仁儿，是酱香的，味道极佳，不过微小如斯，轻咬一下就粉碎消失，不满足感油然而生，于是继续寻觅下一个瓜子。若耐得住性子，就暂且一个不吃，攒上数十粒，等饭后慢慢嗑去，将快乐换种集束的方式。

早餐桌上，常见的还有腌蛋。这无甚稀奇，遍处皆是，不过我想说的是姥姥家的腌蛋。姥姥有个小罐子，内为咸水和佐料，专为腌制各种蛋用，鸡蛋、鸭蛋、鹅蛋，都可投到里面，静等它们变装出罐。

若把不同种类的腌蛋一同放到桌子上，是很好玩的。鸡蛋个儿最小，鸭蛋大它一圈，而鹅蛋，和前两位相比，颇有巨人的感觉。小孩子拿起来，若在风地里走，大约也不担心被吹走了。

腌蛋的味道，那种筷子一戳吱吱冒油的，不必细表，单说腌制过头的。蛋在咸水里搁置过久，油会消失无踪，蛋白和蛋黄已没有界线，整个混合在一起，混混沌沌，不辨你我，灰不灰白不白，挺怪的。吃将起来，如一个咸疙瘩，齁儿极了，唯一的好处是极下饭，别的，就没了。是不是有点暴殄天物？也罢，当咸菜就是。若蛋腌制得略过头，却又没到全然混沌的程度，蛋黄会呈微黑，仍冒油，却已非金黄，味道会发臭，混合在咸香中，别致得很。

蛋类，常吃的，另有变蛋，别的叫法如松花蛋、皮蛋、

灰包蛋等。(关于各种名称，日本青木正儿以外国人的眼光，在《中华腌菜谱》里说得有趣:“皮蛋一名松花蛋，在日本的中华饭馆也时常有，蛋白照例是茶褐色有如果冻，蛋黄则暗绿色，好像煮熟的鲍鱼的肉似的。……北京的皮蛋整个黄的，不是全部固体化，只是中间剩有一点黄色的柔软的地方，可以称为佳品。因此想到是把周围的暗绿色看做松树的叶，中心的黄色当做松花，所以叫它这个名字的吧。”)

这种蛋自家是做不来的，需要别人代做。有走街串巷的小贩，小车上有盛着石灰水的桶，还有装碎稻草的麻袋，摇着铃，住户就知道制作变蛋的时候到了。

我喜欢蹲在旁边看小贩怎么侍弄那些器具:铁丝编的鸡蛋箍，石灰水桶(内有石灰水、碱、盐、草木灰等)，装碎稻壳的袋子。住户拿来自家的鸡蛋，二十枚或三十枚，小贩取其一以箍托之，浸至桶中，蛋体为灰泥浆包裹，其后放于碎稻壳中打几个滚儿，一枚变蛋即告完成，置入盒内，以此类推，整整齐齐排列一十二十等。主人需付每枚五分钱的手工，然后拿回家里，于阴凉处搁些天，就可取用。

自己所看到的是如此做法，后来好奇也会查查别种，如清朱彝尊《食宪鸿秘》卵之属有“皮蛋”条：“鸡蛋百枚，用盐十两。先以浓茶泼盐成卤，将木炭灰一半，荞麦秸灰、柏枝灰共一半和成泥。糊各蛋上。一月可用。清明日做者佳。”又如清李化楠《醒园录》卷下“变蛋法”条其一：“用石灰、木炭灰、松柏枝灰、垄糠灰四件（石灰须少，不可与各灰平等），加盐拌匀，用老粗茶叶煎浓汁调拌不硬不软，裹蛋，装入坛内，泥封固，百天可用。其盐每蛋只可用二分，多则太咸。”材料有些差异（此二种皆用茶汁），不过倒也殊途同归。

变蛋加姜丝、醋、酱油、香油凉拌固然好吃，猴儿急的孩童有时去掉草灰及壳，直接就吃那裸蛋，舌尖麻麻的也在所不惜。这样制作的变蛋通常还好，但也会有出现误差的可能，一种是本应呈溏心状的蛋黄固化了，味道显然会大大受损；另一种就是最糟糕的情况，剥开外壳，里面并未成形，全然散掉了，只能大呼可惜，不仅是这枚蛋，另有那飞走的五分硬币。

食蒜

读明高濂《遵生八笺·饮馔服食笺》，见一种别致的“蒜梅”：

“青硬梅子二斤，大蒜一斤，或囊剥净，炒盐三两，酌量水煎汤停冷浸之。候五十日后卤水将变色，倾出再煎，其水停冷浸之，入瓶。至七月后食。梅无酸味，蒜无荤气也。”

梅子与大蒜相互借重，算得上是挖空心思，着意求新。自然，这是一种清雅的吃法，费物无多，耗神耗时却不少，非闲情不办。我唯有一不满，即“蒜无荤气也”。蒜固有荤气，或为许多人不乐，不过若使蒜尽除其荤气，消泯其本性，是不是也少了些许意味？这不禁让我忆起打小食蒜的一些方式，虽无甚特别，却是荤气不去，浸入脾胃。

极干脆直接的，乃吃生蒜。蒜生吃，难以白口，太辣，是要就别种食物的。我用馍馍，时非正餐（因正餐有菜，不必以生蒜辅之），而是在疯跑疯玩的间隙。忽感肚饿，又不到饭点，就奔到厨房，抓起筐内凉馍，以此充饥。吃馍，凉且不松软，是不太容易咽下的，就要有简单的佐餐之物。厨间也就葱、蒜、姜现成（家里不食辣，无辣椒）——姜不敢吃，葱为殿军，蒜优选耳。从蒜头上取两枚，剥去皮，洗不洗均可，后即右手馍，左手蒜，咬嚼下去。馍初尝，干，没太多滋味，细品，有回甘，那是小麦淀粉的清香，略甜；生蒜的辣，荤气，与馍馍的滋味合奏，实在是有些快意的。一个馍馍，两枚生蒜足够，多则消受不了。

此吃法简单至极，不过是因陋就简，快速垫垫唱空城计的肚子而已，但日后却发现，此乃食蒜中的“白描”，无藻饰无曲折，极能保留真味。虽说北方吃饺子、馅饼、煎饼、拌面，或凉素凉荤类，都可吃生蒜（或捣为蒜泥），但我总觉得，上述食物本身的味道相对而言浓烈了些，生蒜只是陪衬，并非主力，其味被掩盖许多，远不及与淡味馍馍同食，左弓右弩，相得益彰。

幼时小小感冒，母亲多会拿几头蒜，散开放在火炉的铁盖上烤熟，让我吃。本意并非食物，而是治感冒的偏方（虽然似用处不大）。因烤制与食用的过程更为孩童所喜见，我反倒不太在意其疗效如何了。

炉虽非红泥小火炉，但也不会大，径半尺，齐膝高罢了。搬小凳子围炉而坐，手足烘之，冬日是惬意的。炉盖在火的运力下，已是很热，揩净，将散开留皮的生蒜均匀放几枚上去，静等其变化。少许时间，眼见得蒜皮颜色加深，向焦黄一面渐进，有熟蒜香透出来，慢悠悠，却浓烈。手翻一下蒜，换个面，嫌烫，筷子亦可。熟蒜的气味，与生蒜迥然，尽人皆知，而其扩散，满屋熏熏然，或有人喜，或有人厌（因荤气虽然转化，仍为荤气）。待得蒜两面皆熟透，拿下来，去皮，看到原本白生生的蒜已呈金黄，硬脆化为酥软。放入口中，生蒜的刺激味道全无，唯余醇香之感。

许多年之后，看到烧烤摊上已有烤蒜这一品种，烤则烤耳，且涂抹不少调料。不过，这样刻意去吃，量虽不少，但去我儿时记忆已远。因少了游戏心态，趣味亦乏了些。

适才所谈均为零吃，所费蒜之材料甚少，而另一种菜的吃法，就大大不同了。仍是熟做，曰炒蒜。此菜所用材料有些限制，就是要用新蒜，新出的，且饱满，炒出来口感才好。约四五两，去皮，洗净，以刀剖片，薄厚适中，易入味，亦不粘锅。这么些蒜切完，可装大半盘，之后淋油入锅，热则将蒜片倒入（蒜即为调味料，不必再加别的葱姜类），翻炒，加少许酱油，调色用，蒜片会渐呈金黄与绛红交织。火候须注意，不可过，过头即全熟，丢却脆感；当然也不可太轻，否则辣味留下太多。也就在恰到好处时，出锅，倾入盘中。

此菜的特出，在于材料的单纯，全为新蒜，不掺杂别种。品尝之，入口尚脆，却又无甚辣味，因蒜片在熟与不熟的边缘，增一分不可，减一分亦不可。其味特别，柔腻爽脆，荤气缭绕，在有无间徘徊。

蒜这物什，常招来两种截然的态度，喜的，或厌的。

李笠翁曾说："予待三物有差。蒜则永禁弗食；葱虽弗食，然亦听作调和；韭则禁其终而不禁其始，芽之初发，非特不臭，且具清香，是其孩提之心之未变也。"不食蒜，已到了信誓旦旦的地步。又如清方元鹍，浙人，旅居京城，有《咏都门食物作俳谐体》一诗，其中写道："是人皆食蒜，无品不调姜。恶汉葱三斗，贫儿荠一筐。"《清稗类钞》中亦云："北人好食葱蒜，亦以北产者为盛，直隶、甘肃、河南、山西、陕西等，无论富贵贫贱之家，每饭必具。赵瓯北观察翼有《旅店题诗》云：汗浆进出葱蒜汁，其气臭如牛马粪。"看来这两位诗人极为厌恶蒜的气味。那么，我稍稍谈论之，想来亦会有不同感受的观者。不过不要紧，勿管承载物为何，其间记忆透露出的某些情绪，总也是相通的罢。

焦叶与炒面

在护国寺小吃，陆续吃过许多品类的食物，豆汁、焦圈、面茶、松肉、炸卷果、排叉、驴打滚、炒红果、艾窝窝、豌豆黄、芸豆糕、蜜麻花等，味道各异。尤对排叉、面茶注意，无他，只因似曾相识，与故乡的某些食物相通。都是小时吃过的，记忆尤深，焦叶之于排叉，炒面之于面茶，仿若亲戚，虽有少许不同，但亲切的熟悉仍占了多半。

焦叶是油炸的面食，形态的花样不止一种，我喜欢最朴素的一类：平平展展如长方叶子，叶面有几道口，撒几十粒黑芝麻点缀，既顾及口味，亦丰富颜色。制作挺简单，面和好，擀成面皮，以刀切为长方小片，中间划几下，之后放入油锅里，炸至金黄，捞出就可以。

油锅既然架起来，自然是要大炸特炸的，焦叶乃其中一员。它在油锅诸友中有些特点，一是食客多不将其当做充饥的食物，更多是吃着玩儿，其他的如油条、油馍墩儿、糖糕什么的，才是正主，焦叶是薄薄的脆片，得吃多少才能饱腹呢？因之，其充饥的效用算不得高，而游戏的价值凸显而出。再有，焦叶的存放是优于其他油炸食品的。油条、糖糕之类，不趁热吃，放凉了口感急剧下降，再加热也远非当初，不堪重温；而焦叶，原本就是要凉却吃，热了不脆，即使放些时候，拿起咬嚼，仍是咔嚓咔嚓的，减不了几许风味，是值得放若干时日的。

孩童喜吃焦脆的东西，青睐焦叶势所必然。出锅的焦叶尚在沥油，就恨不得抓在手里，好容易等到放进筐子，赶紧攫而食之，可惜的是，此时的焦叶未散尽热度，有些发软，口感未必佳，直到迫不及待消灭掉一个后，再接续下一片，其脆方显现出来。焦叶之薄，炸得又透，吃起来是有食脆物的快感的，加上散布其上的黑芝麻粒，牙齿时而咀嚼到，配以面食的味道，别有香醇。吃的时候还要用小手接着碎裂溅出的残片，忙得不亦乐乎。

许久之后见到北京的排叉，不禁纳罕，这不就是扭了几转的焦叶么？虽然人家在制作上其实另有一套，也未改我的初始印象。

炒面，在面食为主的北方，是极平凡的。记得汪曾祺回忆故乡高邮的食物，其中有炒米："炒米这东西实在说不上有什么好吃。家常预备，不过取其方便。用开水一泡，马上就可以吃。在没有什么东西好吃的时候，泡一碗，可代早晚茶。来了平常的客人，泡一碗，也算是点心。郑板桥说'穷亲戚朋友到门，先泡一大碗炒米送手中'，也是说起省事，比下一碗挂面还要简单。"南方吃米，炒米极自然就出现了，搁北方，即为炒面。

炒面的制作极单纯，将小麦面粉炒熟就算可以。当然也可添加一些佐料，如芝麻、葡萄干、核桃仁、瓜子仁等，好吃许多。炒面的工艺之简单，自家完全可以解决，不像炒米稍有些繁复。汪曾祺描述："入了冬，大概是过了冬至吧，有人背了一面大筛子，手持长柄的铁铲，大街小巷地走，这就是炒炒米的。有时带一个助手，多半是个半大孩子，是帮他烧火的。”如果炒面也有这许多手续，大约不少人家就放弃了。

炒面的吃法有两种：其一，抓起一把就放嘴里，干吃。这多是小孩子的吃法，吃着玩。小麦面炒熟后，有特别的香味，若再有芝麻核桃仁之类掺杂其中，咀嚼起来还是很受用的。不过这样吃有一险，不小心呼吸重了，又正对着手中的炒面，立时就是一个满脸花，比戏台子上的妆还夸张，若是喷嚏，更是一塌糊涂不可收拾了。其二，可将炒面放碗里加开水搅拌均匀吃，算是常规吃法，暂时充饥用，当不得饱，可也比肚子里唱空城计强许多。

南方未必无炒面，读宋浦江吴氏《吴氏中馈录》，甜食类“炒面方”条有云：“白面要重罗三次，将入大锅内，以木爬炒得大熟，上桌古轳槌碾细，再罗一次，方好做甜食。凡用酥油，须要新鲜，如陈了，不堪用矣。”此炒面法，其实与北方也无甚大差别，然而江南吃法，如此做好的炒面仅为原料，却是为进一步加工为甜食做筹备的，因之，紧接着便有“雪花酥”条：

“油下小锅化开，滤过，将炒面随手下，搅匀，不稀不稠，掇离火。洒白糖末，下在炒面内，搅匀，和成一处。上案，擀开，切象眼块。”

江南喜吃甜食，想出这许多花样来。

北京的面茶，据说是用生糜子面熬制的，其后撒上芝麻盐与麻酱食用。这与炒面炒熟后再用开水冲制有异，不过口味仍有相似；用佐料处，其他均可通融，唯我习见之炒面全然不采芝麻酱。清袁枚《随园食单》点心单“面茶”条云：

“熬粗茶汁，炒面兑入，加芝麻酱亦可，加牛乳亦可，微加一撮盐。无乳则加奶酥、奶皮亦可。”

此面茶真要加茶汁，显见是将“茶”字落实的；而北京的面茶其实乃古时的茶汤类，并无茶在内。薛宝辰《素食说略》卷四“炒油茶”条云：“生面二斤，炒熟，乘热入芝麻酱半斤或是十两搅匀，再入椒茴末及盐和匀，摊开晾冷。不晾或有焦气。临时或以滚水和之，或以冷水煮之，均可。”从描述看，炒油茶亦为茶汤类。（古时茶汤，只是借茶之名，汤内无茶。）

富察敦崇《燕京岁时记》中有一种“凉炒面”，说：“四月麦初熟时，将面炒熟，合糖拌而食之，谓之凉炒面。”初看到时有些疑惑，不能确定是干拌还是水拌，而既然是凉炒面，想来不会是热水吧。后读翁偶虹的《货声》，言道:“凉炒面质如炒面粉，冷水和之，清凉甘爽，分黄豆、绿豆、大麦各味。”方解决这个疑问，这种制法与吃法，和我习见的很是相近，不过一用凉水，一用热水耳。

茄生记

采蒜薹，对成年人是烦劳的事情，于孩童多半是某种游戏。抽取蒜薹，会发出轻微的“哧”的一声，且有抽动的韧劲儿，小孩子可以拿来玩耍。一根一根，哧哧响，小胖手使点气力，拉它出来，甩着玩儿，有时还去拽顶头的苞，抠开，里面是花序（没发育完全），搓下许多小颗粒，撒得满地都是。

高兴了，张嘴就咬刚采下的蒜薹，白色部位优先，嫩脆，微辣中带甜——其母体大蒜的辛辣，到了蒜薹这里已然减弱太多。那种嫩，体现在脆，手指稍一掐，即应声而断，断茬儿处有微小的汁液渗出来。蒜薹由白至青的部位，辣味会渐次加之，不过尚未到吸溜嘴的地步，毕竟是刚摘下的，辣不掩甜，口感佳。

生吃蒜薹，只是偶尔为之，算不得常事，而当真去吃的，是葱，就着饼子或馍馍。有些地域，喜大葱卷饼，主食就是这个，粗放。早前我也生吃葱，不过没这么大的瘾，且不卷饼，就是一手葱，一手馍，交替咬嚼。葱并不要粗壮的，平常尺寸就可以。后读吴其濬《植物名实图考》，“葱”的条目有云：“有冬葱、汉葱、胡葱、楼葱。野生为山葱；冬葱即小葱，一曰慈葱；汉葱茎硬，一名木葱；胡葱根大似蒜；楼葱即羊角葱，一名龙爪葱；山葱即茖，汁为葱涕。西北楼葱肥白，少辛气，寸断烹茹。”这里面，我吃汉葱为主，冬葱也吃。

葱的细部，《本草纲目》讲得清楚：“葱初生曰葱针，叶曰葱青，衣曰葱袍，茎曰葱白，叶中涕曰葱苒。诸物皆宜，故云菜伯、和事。”葱针乃葱的混沌状态，青和白的界线虽有，但尚未太分明，待得长大，青是青，白是白，可食矣。个人的喜好，较之饼子，更愿馍馍就葱吃，馍馍的细腻，可愈发衬出葱的味道。

李时珍说葱之别称为菜伯、和事，名字有意思，自然是指葱的百搭调味效用。（有更早的说法，《清异录》

蔬菜门“和事草”条云：“葱和羹众味，若药剂必用甘草也，所以文言曰‘和事草’。”）这种和事用途多为熟用，炝锅乃大宗。熟后的葱之气味是别一种，与生葱大异，可以说隔教了。

小时候上学，路上要走一阵子，玩闹中总要寻些事情做。道边有田地，某一季节会种红萝卜，待长起时，绿缨披拂，比大拇指粗一圈的物什在地面露出一截，红绿相衬，昭示着自个儿的块头。顽童立时跳到田里，东张西望，匆匆拔上几根，飞快地跑回大道上。扯去萝卜缨，手抹一抹泥，打开书包拿铅笔盒，寻出小刀，刮去红萝卜皮，净了，咔嚓一口，能吃掉半个。新出土的红萝卜，一种清新的甜，爽脆极了，有不可名状的乐趣。

白萝卜，是当季的时候从菜市场买来的。做菜当然是主要用途，此外，我喜欢剥开皮吃。白萝卜去皮，许多人拿工具削，我是用手指剥，剥得慢，却乐意。白萝卜若无“须”的遮挡，可将皮剥得一干二净，裸露清净白嫩的内里。不过小孩子是耐不得的，刚剥出一小截，就忍不住咬上去，品一品。随剥随吃，待得剥完，也快吃完了。刚上市的新鲜白萝卜，若选对品种，水分充盈，甜，无辣味。李笠翁喜欢切丝的吃法，在《闲情偶寄》中说：

“生萝卜切丝作小菜，伴以醋及他物，用之下粥最宜。但恨其食后打嗳，嗳必秽气。予尝受此厄于人，知人之厌我，亦若是也，故亦欲绝而弗食。然见此物大异于葱蒜，生则臭，熟则不臭，是与初见似小人，而卒为君子者等也。虽有微过，亦当恕之，仍食勿禁。”

笠翁真是讲究之人，挑了许多毛病，却终未弃绝生萝卜丝这一爱物。

另有一种水萝卜，水分更多，外表红艳艳，圆形，乒乓球大小。这种萝卜首选即为生吃，洗净，不必去皮，蘸酱可以，直接吃也可以。口感极佳，受时令限制，这种萝卜上市时间短，也就很难抢过水果的风头了。明刘若愚《酌中志》记：“立春之时，无贵贱皆嚼萝卜，名曰咬春。互相请宴，吃春饼和菜。”这种萝卜即水萝卜，嚼之曰咬春，很形象。

为水萝卜削皮是一种“俏”的吃法，金云臻的《入秋三忆》中写过如何削水萝卜：“一只萝卜挑好，在头部削去一层，露出少许心子，然后从顶部直下削皮，皮宽约一寸多，不薄不厚（薄了味辣，厚了伤肉），近根处不切断，一片片的皮笔直地连着底部。剩下净肉心，纵横劈成十六或十二条，条条挺立在内，外面未切断的皮合拢来，完全把萝卜芯包裹严密，绝无污染。拿在手中，吃时放开手，犹如一朵盛开的荷花。轻轻用手一扳，一条萝卜心随手而下，入口清凉爽脆。”这是走街串巷小贩的拿手绝活，而其叫卖先声夺人：

“萝卜赛梨哟，辣来换啊！”

听到这样的吆喝，便知道水萝卜来了。

稍谈若干种生吃的，又旁逸斜出地想起幼时采摘的野果子。那是离家不远的山脚下，一道沟旁，有一丛灌木，结果子。每到夏天，整株灌木，遍布野果，红红的，无名指指肚般大。此时，我会纠集小伙伴一两个（不能再多，要不不够分吃了），杀奔过去。到地儿后，直接坐在灌木旁边，满手满手摘着吃，果子甜，无酸味（虽果核有点大，也讲究不了那许多），再加上在野地里的新奇，吃得更起劲儿了。不过吃多了，舌头有麻麻的感觉，不知怎么回事，每当吃至此处，就罢手，拍拍衣服上的土，回家去了。

后来，不禁有点后怕，这野果子如果有毒，先前那么不顾好歹可劲儿吃，岂不是有大大的危险么？

再后来，增加了些对植物的了解，知晓当年吃的野果子，其实是野樱桃，灌木或小乔木，蔷薇科李属，可食用。(《礼记·月令》:“是月也，天子乃以雏尝黍，羞以含桃先荐寝庙。”郑玄注:“含桃，樱桃也。”大约即此种，因现代所吃樱桃乃自欧洲引进。)

附记：

苏轼《物类相感志》蔬菜类，有云：“种萝卜法，以宣州大水梨切去心，留顶作盖，如瓮子状，以萝卜子实之，以顶盖之，使埋于地，候梨干或烂，取出萝卜子，分种之，则实如梨圆，且有梨味。”此种萝卜法颇为新奇，自宋即有，不知后世有人尝试否。

红薯

甘薯，又名番薯、红薯、白薯、甜薯、地瓜、红苕、番芋、朱薯、枕薯、番葛等，我的故乡习取红薯的叫法。它缘何能一度大行其道，其产量之高胜过其他作物，大概是在粮食不丰裕的岁月，它的活人养人之功不可尽言矣。

在红薯的吃法中，我十分爱一种以之为原料的炸丸子。先将红薯搁水中煮熟，取出剥皮，然后碾碎，加入面粉和白糖，抟成圆球，下至油锅内，待慢慢炸为金黄色，捞出沥油，盛入盘中。丸子内部为红薯泥，甜糯，外一层经炸已是焦壳，唇齿破壳而入内里，脆柔相依，不亦妙哉。丸子当菜固然好，单吃亦无不可。炸丸子通常是午饭时，趁热吃，好极。若未吃完，下顿只好放箅子上馏馏，不过热是热了，口感却大减，软塌塌，脆感全无，只能聊胜于无了。

生吃红薯，是极简便的。从土中刨出，洗一洗，用刀子削皮，或用指甲慢慢去皮也行，张口咬之，脆生生，水分多，是解饿兼解渴的。生吃时，多半碰到的是白色瓤或红黄色瓤，偶尔会有紫色的，小孩子总是喜好新奇，记不得紫瓤红薯是不是真的更好吃些，但总是争相吃它，想来打心眼里认定其更甜、更脆。其实红薯这东西，水分多否是和甜度成反比的，若要甜，须将之放置一段时间，水分消耗一些，那时去吃，在甜的口感上，会更佳。

在红薯田里，孩童喜扯红薯秧玩耍。秧子即藤蔓，贴着地面生长，一扯能扯老长，算是一种游戏。事实上，农人种红薯，若想让红薯长得好，翻秧子是一项必须的活动，一个成长季节，须几次翻动才成，这是比较累的活计，与儿童的玩耍心态大异。有时，秧子上会开出花来（需要的条件是天气温暖），喇叭形的小花，淡红色或紫红色，颇引得孩子的兴致。莫要忘记，红薯属旋花科，开出喇叭样的花来并不稀奇。

《救荒本草》记“地瓜儿苗”：“茎方、四楞；叶似薄荷叶微长大，又似泽兰叶抪茎而生；根名地瓜，形类甘露儿，更长。味甘。”吃法为“掘根，洗净，煠熟，油盐调食；生腌食亦可”。朱橚所说乃野生红薯秧，而事实上人工种植的也是同理，自茎至叶，无一不可以吃。吃红薯秧在旧时多意味着“救荒”，贫瘠时代已然过去，人们便渐渐忘却这微物了。

幼时吃粥，有一种红薯粥。红薯洗净去皮，切成小块，扔到锅里和大米同熬，慢慢地，米开花，原本生脆的红薯也向软糯一面变化，直至关火起锅。在熬煮的过程中，许多红薯小块将自身的糖分弥散开去，使得整锅粥都变甜了。当然，这种甜不同于银耳莲子粥的齁甜，也非八宝粥带有粘稠感的甜，而是那类充饥主粮渗出的淳朴的甜味，毫不张扬，且有些土气，未必怎样好吃，却实实在在，或许是缺糖岁月的某种补偿吧。

说起红薯的甜，有一甜上加甜的吃法，是拔丝红薯。拔丝菜类不止一种，苹果、山药、红薯等均可。以红薯来拔丝，因其淀粉较多，须切块后洗净沥干水分。另外熬糖浆的环节，过稀则抽不出丝来，过稠则粘连过甚，乃至焦黑，要恰如其分才好。各种拔丝菜类做法其实大同小异，口感却是各有不同，红薯本来就是甜的，再加上外壳裹的糖浆，外脆内嫩，属甜食中一乡土种也。《素食说略》记红薯："去皮切片，以醋馏法炒之，甚脆美也。京师素筵，每以白薯切片，或切丝入溜锅炸透，加白糖收之，甚甘而脆。"以糖收炸红薯丝，实则与拔丝红薯均趋愈甜，而醋馏法，以酸加甜糯，很是有趣。

《醒园录》卷下，有晒红薯法，曰："拣好大条者，去皮干净，安放层笼内蒸熟，用米筛磨细去根，晒去水气，作条子或印成糕饼晒干，装入新瓷器内，不时作点心甚佳。"红薯干的好处是耐放，口感亦好，筋道，有回甘。还有一种炸制的法子，北京名曰茶果，翁偶虹的《货声》里说："茶果昔名茶果，实质是炸白薯片，浸拌蜂蜜，洒蘸青丝红丝。东、南城货声为'吃得香、嚼得脆来——茶果'，西、北城则直喝'真好吃'。"

红薯行销最普泛的，自然是烤制的。如何制作，尽

人皆知，是不必细说的。唯记新近的一次吃烤红薯，初春时节，日光和煦，但冬的残留仍在，空气中的温暖与凛冽交织。午后出了一栋古旧的建筑，门口有烘炉，上置许多只红薯，买了一块，手里捧着，暖融融，掰开，一缕白色的气腾起，飘散开去，而此物特有的香味也透出，呼入脾胃，嗅这种气息，或比真去吃它还要中受些。

陈师曾的《北京风俗图》，有一幅“卖烤白薯”，为街头寒风中，一妇人坐条凳，俩总角小童边上玩耍，旁有大铁皮桶，上置一圈红薯。画左侧有署名青羊者之《相见欢·烤番薯》：

“红泥宿火犹温，佐壶餐。芋栗堆边番薯，未全贫。贫邪病，当垆事，不堪论。稚子孺人相守，耐朝昏。”

《燕京岁时记》谈秋冬食物时亦云：“白薯贫富皆嗜，不假扶持，用火煨熟，自然甘美，较之山药、芋头尤足济世，可方为朴实有用之材。”

红薯于今，是点缀，而但凡有些经年记忆的人，都还记得先前它的历史积淀。清吴其濬记它，“饥年人掘取作饽”“湖南洞庭湖壖尤盛,流民掘其遗种,冬无饥馑”,仅是寒光一闪而已。有这样的惨痛在，若能长久地以之为点缀，其实倒是一个好的事情。

馍与泡馍

五六岁时，有一天傍晚，我拿着一个馍馍跑到门外耍，遇到邻居家孩子，年龄相仿，手里也有馍馍，不过，我的是白色的，他的是黑色。我有些好奇，因很少吃到，于是和他说交换着吃吧，这孩子似很吃惊，快速地将手里的给我，又抓过我的，跑开了。

后来，我再到大门口玩儿，发现不止一个同龄孩子在外面转悠，且都拿着馍馍，黑色的那种。

纳闷之解开，是成功以物易物的孩子的双方家长知晓了这件事，那位母亲有些歉意地对我母亲说让你家孩子吃亏了，家母大度回答没啥没啥。我才知道黑色馍馍是高粱面做的，比小麦面白馍便宜太多，对方吃白面馍馍的机会少，才会那么乐意。

但我又怎会在乎呢，黑色的馍馍多诱人。

馍之于北方，须臾不可离。《清稗类钞》中说：“南人之饭，主食品为米，蒸炊熟后颗粒完整者。北人之饭，主食品为麦，屑之为馍，次要则条之面。”这馍，自小至大也不知吃了多少个。圆的、方的，乃至发酵不太好成了疙疙瘩瘩奇怪形状的，所在多有。印象深如今却少再见到的，是一种杂面混合馍馍，呈方形，一层黄一层黑，颜色交替，怪别致；黄色是玉米面，黑色是高粱面，和面时分开，制作时两股面合一。玉米面和高粱面的口感是不太一样的，所以混合起来的馍馍口感也交错，对孩童而言挺有意思，常常撕着吃，一层层的，轮流品尝。别的组合方式也有，小麦面和玉米面，黄白相间，如金银；高粱面和小麦面，黑白相间，如斑马。

枣馍，和枣包儿的区别，是后者将枣子去核儿打成泥做馅儿包起来，而前者把完整的干枣子镶嵌在馍的表面，上屉蒸熟。面可以用小麦面或玉米面，我更喜玉米面的，因质地较粗糙，和以枣子的甜，起中和之意，适宜许多。不过频繁地吐核儿，也让小孩子有些烦恼，算是吃枣馍的代价吧。

过年时，会有造型奇特的花样馍馍，多半是做成小动物模样，如小狗儿、小猪儿、小老鼠、小鱼儿等。手艺好的，做得很像，狗的尾巴、猪的鼻子、老鼠的须、鱼儿的鳞片，都能模拟，眼睛处，点上两粒豆子或用彩笔勾画两下，顿时就活了。这样的花样馍馍，蒸熟后通常是先供起来，给大肚子弥勒佛，或菩萨，或灶王爷灶王奶奶，或别的神佛，待得供享结束后，才能到家里的孩子手中。小孩子拿着它，欣喜极了，是吃呢，还是耍，有些难以选择，多半是小心翼翼地玩好一会儿，开始尝试着咬上一口，先是尾巴、屁股、脚、腿，后轮到其余的。不吃是不会的，粮食嘛，浪费不得。

吃馍，自然是无甚稀奇，主食之常规吃法，谁能不知？有一种零碎做法少见些，是拿放了几天已有些硬了的馍（新蒸的不可），切成小粒，指甲盖儿大小，其后打几个鸡蛋在碗中，搅匀，馍粒倒入，以鸡蛋裹之，加盐；锅里油热后，倾入馍粒，翻炒，熟后盛出。馍一粒粒呈金黄色，高温下，外壳有些焦，里面却已酥软，咬嚼起来，是别有滋味的。

孩童有贪玩贪吃的本性，有时会发明一些怪的吃法，可称为泡馍——糖水泡之。碗里放许多白糖，开水冲开，拿来馍馍，多半是新出锅的，掰一块儿，搁糖水里蘸一蘸，张嘴吃掉。馍馍本身的甜加之蔗糖的甜，混合起来，满足孩子对甜的渴望。就这样，一块儿一块儿掰开去，一个馍馍没多久就进了肚子。如此泡馍，须注意不能浸泡太久，否则松软的馍块儿易糟，不中吃了。

由此泡馍衍伸至另一泡馍——羊肉泡馍，似有些搭题，因后者的馍算是一种饼子（九分死面，一分发面），不过广义的馍却是将其纳入的，未尝不可谈谈。我吃羊肉泡馍有些晚，是在北京头次尝到，后换着地儿吃，约有五六处，却总是若有憾焉。为何？因吃了这许多次，不禁纳罕：这就是名闻天下的泡馍么？知堂曾在《北京的茶食》里说："难道北京竟是没有好吃的茶食，还是有而我们不知道呢？"只要将"茶食"换成"泡馍"，就足以表达我的看法了。不过，此名吃乃陕西原产，对京城之移植做高的要求，或许是我的严苛吧。

后终去西安，停留一周，每日早餐一次正餐两次，正餐必有一顿为泡馍（此物太瓷实，实在一天吃不了两顿）。馍之韧，汤之鲜，肉之香，无话可说，只能讲，以往吃到的，不提也罢。

东坡有句云，“秦烹惟羊羹，陇馔有熊腊”，绘出羊肉泡馍的源头。而这其中还缺失了馍——那块儿饼子，尽管传说有许多，但我的猜测，此种吃食的形成，或逃不了偶然的因陋就简的因素，仿若北京卤煮里，在锅沿儿边搁放的许多硬硬的饼子一般。

附记：

馍馍即馒头，是通用的叫法，不过若是去南方或读古旧的书，提及馒头，或会一时“蒙”一下。先不说前者，只谈读书，翻元倪云林《云林堂饮食制度集》，见“黄雀馒头法”，有些好奇：黄雀和馒头，如何搭配？曰：“用黄雀，以脑及翅、葱、椒、盐同剁碎，酿腹中。以发酵面裹之，作小长卷，两头令平圆，上笼蒸之。或蒸后如糟馒头法糟过，香法炸之尤妙。”恍然，原来是包子类。

囍

倪云林乃无锡人，自然是馒头包子不分的，统称为馒头。再看“糟馒头”条：“用细馅馒头，逐个用黄草布包裹，或用全幅布。先铺糟在大盘内，用布摊上，稀排馒头布上，再以布覆之，用糟厚盖布上。糟一宿取出，香油炸之，冬日可留半月。冷则旋火上炙之。”这仍是后来的包子。宋孟元老《东京梦华录》提到面食店卖酸馅馒头，有馅儿的，仍叫馒头，而陆游有一首诗《食野味包子戏作》：“珍饷贫居少，寒云万里宽。叠双初中鹄，牢九已登盘。放箸摩便腹，呼童破小团。犹胜瀼西老，菜把仰园官。”表明宋代既说馒头，也说包子。元无名氏《居家必用事类全集》也有“薄馒头、水晶角儿、包子等皮”条，意味着，两种叫法并存混用，且经历相当长的时间。

辑　二

臭豆腐

曾去同里镇，在河边石板路上信步走，风吹过，飘来一股臭味，举目瞧去，果然，数十米开外有一炸臭豆腐摊。当即拔腿奔去，摸几个大子儿，得以手持两串，每串五块儿，白里透微黑的豆腐方块，经油炸后呈金黄，蘸调料咬下去，牙齿切破焦皮后触到柔嫩的内里，口感是不错的。而其味道，既为臭豆腐干，自然是要臭的（即伴生的香味）。不过就个人的感受而言，此物尝起来的臭味，较之随风飘散以鼻嗅之的那股味道，却有所不及，闻起来臭，真付诸实践，其力道顿时弱了许多。

后来在上海也吃过油炸臭豆腐，与同里的差似之。

汪曾祺谈过南京的臭豆腐干："南京夫子庙卖油炸臭豆腐干用竹签子串起来，十个一串，像北京的冰糖葫芦似的，穿了薄纱的旗袍或连衣裙的女郎，描眉画眼，一人手里拿了两三串臭豆腐，边走边吃，也是一种景观，他处所无。”夫子庙我也曾去过，但匆匆一过，未来得及吃，但看这个描述，似乎与前述的较为接近，除了一串十个实在够多为其特色外。想来江浙沪地域临近，风物可能有其共通之处吧。

汪曾祺还写过长沙的炸臭豆腐干：“我们在长沙，想尝尝毛泽东在火宫殿吃过的臭豆腐，循味跟踪，臭味渐浓，‘快了，快到了，闻到臭味了嘛！’到了眼前，是一个公共厕所！”好笑极了，不过他终究没写自己到底吃没吃上长沙的此种妙物，虽说不吃怎能甘心。

臭豆腐全国分布极广，许多都有其特出之处，我虽没品尝太多，但好歹南北方的都大致见识过，感觉臭豆腐若有派别，可有南派和北派之分，差异是大的。南方的蜻蜓点水已品过，不妨说说北边的。[另外，臭豆腐分腐乳类、干类二种，知堂在一篇文章里说：“这一类的食品在我们的乡下出产很多，豆腐做的是霉豆腐，分红霉豆腐、臭霉豆腐两种（棋子霉豆腐），有霉千张、霉苋菜梗、霉菜头，这些乃是家里自制的。外边改称酱豆腐、臭豆腐，这也没什么关系，但本地别有一种臭豆腐，用油炸了吃的，所以在乡下人看来，这名称是有点缠杂的了。”这倒是说出不少人对臭豆腐分类的困惑。]

小时吃的臭豆腐是家里自制的，习以为常。倒不至于以黄豆为原料从头做起，那实在太费工夫，也缺那些器具，就是买现成的豆腐，要硬些的，水少，越干越好。以刀切成方块，放在碟内，抹盐，点霉菌，置于厨房阴凉处，发酵若干日，浸于卤水中，泡好取出便可食用。我喜用筷子挑出一些，与米粥同食，其臭味与粥的清香搅在一起，在口中渐次交融，有意思。就着馍馍吃也好，臭豆腐的那股味道似乎强化了面食的特殊滋味，获得一加一大于二的效应，若改为饼子，就差了些，不仅在于饼的味道，且在质感，馍馍松软，饼子硬实，臭豆腐涂抹时的柔腻是要附着于类似质地的面食之上，方入口舒爽。

习以为常的臭豆腐在外人眼里是怎样的呢，读青木正儿的文章，看他津津乐道之：“外皮赤褐色，似乎是腐烂了的，内中是灰白色，正像干酪（cheese）稍为软化一点的样子，有一种异臭，吃不惯的很难闻。但是，味道实在肥美，仿佛入口即化，着舌柔软，很是快适。从各方面看来，这可以称为植物性蛋白质的干酪吧。吃粥的时候这是无上妙品，但当作下酒物也是很好的。”用词虽不同，但其感受和我的大致差不离。

先前一直觉得家制的臭豆腐是相当臭的，后来求学在外，吃到名气大的王致和臭豆腐，才知道这是遇到大巫了。此物密封时尚好，一旦启封吃了些，再盖起，其臭味似遏制不住要跑出来，住家还好说，若集体宿舍就有点麻烦，只好拿什么布层层裹几下，方暂且息事宁人。

王致和臭豆腐有一别称，曰青方，据说是西太后所赐，这显然是避讳原本不太好听的名字，以食物自身色泽及形状名之。我品之，一向认为颇佳，唯觉稍咸了些，后来略了解其工艺，知晓盐的投放是有讲究的，盐多，会弱其臭味，盐少，却又易导致腐乳的腐坏。

单吃臭豆腐不过瘾，有时也会生些法子“咸与维新”，同臭同臭。极合意的是臭豆腐炒鸡蛋，妙不可言。三枚

鸡蛋，敲开入碗，以筷搅拌，匀后，从罐里夹出两块臭豆腐，置入蛋碗里，用勺子或压或切，尽其可能弄碎，与鸡蛋合流，因臭豆腐本身盐分大，不必再搁盐；倾油入锅，待油热后，放葱花炝锅，之后碗中物倒入，眼见鸡蛋迅速蓬起，鼻嗅勃勃的臭味道。若厨房门稍不慎有缝隙，这气味即会钻头觅缝，侵入他室，百十平的空间尚不够其折腾。即使门已关好，炒制期间或是安然，但菜盘子终究要出厨房，其气息仍要一逞其意，虽此时要弱一些。成菜后，本是黄白的鸡蛋呈青灰色，有混沌之感，挤碎的臭豆腐多半已渗入蛋中，少许残存以更深的青灰存在。品尝鸡蛋，起初那臭烘烘的味道是压倒之势，目空一切，后面才有鸡蛋本味出来，二者混合，颇为有趣。

臭豆腐者，所在多有，名气大的即有南京、长沙、绍兴、客家地区等，并不以何者为尊。我取一瓢饮，仅略识之，挂一漏万，稍稍逐臭而已。

栲栳栳及其他

明唐寅写过一句诗："琵琶写语番成怨，栲栳量金买断春。"栲栳者，乃一种用柳条编成的容器，又谓笆斗。而栲栳栳，却是莜面所做的食物，其得名，大约是以栲栳为容器的缘故罢。

我在一家山西面馆，见有此物，好奇心起，便点来尝尝。随后一睹真颜，是一小笼屉，布满猫耳朵样的面食，个个竖立，支棱棱，精神抖擞，外观有趣；旁佐以一碗调料，内有醋、辣椒油、蒜汁等。筷子夹来省事，只须穿孔拈来，在调料中蘸蘸，放入口中，酸辣为第一味觉，嚼之，略觉粗糙，有涩感，因材料为莜面之故，不过亦因其糙，口感更韧一些。莜面"耳朵"本身无味，配佐料后，滋味顿生，且糙不掩润（虽字面有些矛盾），别有风致。

据说还有以炒好的卤汁、臊子汤浇到栲栳栳上的吃法，大致相似。另一种，是将栲栳栳切开，加些菜来炒，主食与菜蔬皆备，这大约是炒疙瘩之属了。

栲栳栳另有一称谓，在孙犁的小说《蒿儿梁》中，爽朗的女妇女主任为八路军伤员做午饭吃：

“她脱去了羊皮衣，穿一件破旧的红棉袄，怀抱着一大块光亮的黄色琉璃瓦，这是搓莜面窝窝的工具，她说是托人到台怀买来的。她站立在炕边，卷起袖子。搓的窝窝又薄又小，放的整整齐齐。”

莜面窝窝，即栲栳栳也。

栲栳栳之别致，除模样外，自然要算材料——莜面。莜面出于莜麦，即裸燕麦，是北地较多的作物。唐刘禹锡《再游玄都观》序中有云，“重游玄都，荡然无复一树，唯兔葵燕麦动摇于春风耳”，即说此麦。不过诗人仅为旁观者，借此起兴，将之视为野草而已，而《救荒本草》以另一视角视之：

“采子舂去皮，捣作面蒸食，作饼食亦可。”

全然实用，这便与三晋之栲栳栳同一流矣。

食材之特殊，莜麦为一，而青稞或更胜之。去塔尔寺，庙宇宏伟，金碧辉煌，现佛之庄严。若说室内的气息，与汉地的佛寺香火气相较，多了一股扑鼻的膻味——酥油灯散发出来的。酥油，是从牛奶、羊奶中提炼出的脂肪，点灯固然可以，食用方为大宗。酥油茶大约是主要食法，配搭即为糌粑。糌粑为青稞面所制。

青稞乃大麦属，《药性考》中说："青稞形同大麦，皮薄面脆，西南人倚为正食。"《本草拾遗》也有记载："青稞，下气宽中，壮精益力，除湿发汗，止泻。"这种禾本科植物只在高寒地区生存，外界或不易见到。我也仅吃过一次糌粑，是手捏出的团状，因里面含酥油，有些腻。这是主食，但可以单吃，伴着喝些酥油茶为常规吃法。

最早对糌粑的认识，是幼时看连环画《猎人占布》。土登大喇嘛要上山念经修道，"大管家派了五十个差巴，轮流给土登喇嘛每天送水送糌粑；还派了十个差巴，轮流每天给他送一块肉"，穷小子占布轮上送肉的那拨儿，却无肉可送，想"求土登喇嘛宽容，看能否改送糌粑或茶水”，结果当然不会太妙。那时虽小，也明白肉比糌粑贵重，而糌粑需要五十个人轮流送，显然是如馍馍样的主食。待得吃到糌粑，已是许久之后了。

和糌粑之名极近似的一种吃食，是糍粑。食材却大不同，糍粑之材料主要为糯米、黄豆粉等。此小点南方颇常见，吃到的多为成盘端上，而有一次在黄龙溪古镇，见街边现做，小贩推个车子，上有一铁桶，一侧有圆孔，旁设摇把，以手转之，糯米泥即会从孔中钻出。小贩手持竹片，适寸许长度切之，小圆条跌落至豆粉中，拣出放纸杯中给食客，既吃且观，挺有趣。同伴忽说，这像不像小孩子拉㞎㞎。大笑，照吃不误。

同在巴蜀，还吃了两种糯米做的点心。一是冻糕，以玉米壳子裹之，揭开来，长方墩，乳白色，松松软软，入口很暄，甜味，略油（里面的配料另有粳米、猪油、糖）。本不太理解为什么叫冻糕，后查了查，说是制作米浆时多于冬季发酵，因此名之。有一首写冻糕的诗云：“文江名小食，航运旧京都。染黄如金锭，洁白似明珠。呼来盘中品，疑是塞上酥。问君何能尔，技艺穷天厨。”诗写得不太好,但算得贴切,可一录。其间黄色模样的冻糕,应是加入红糖而成。

另一是叶儿粑,也有裹衣,为橘子叶、荷叶、芭蕉叶等,非实心,而是有馅儿的,豆沙核桃仁儿或肉末芽菜。这食物吃起来让我想起江南一带的青团,模样未必像,口感却相似。叶儿粑似能做到三不沾——不沾牙、不沾盘、不沾筷,青团可否类似?我却有些模糊了。叶儿粑有一别称——艾馍,这一艾字,或暗示了与青团的亲缘关系。

以糯米粉制成,略一述便有这许多吃食,不免让北人诧异。不过转念想来,南人看北方之面食变出那么些花样来,不也是报之以惊异嘛,至于能否吃得习惯,即是另一回事了。何况北方未必没有别致的米食,如崇彝《道咸以来朝野杂记》说及故都的一种糕点:“芙蓉斋者,东四马市大街糕点铺也。各种糕点并不胜于瑞芳、正明、聚庆诸斋(此三处,北平有名者),惟所制黄、白蜂糕,为他处所不逮。糕不以面,而以米制,加以香脂油、核桃仁诸品,食之松腻,以其宣厚内多蜂窠,故名之。”

再往前,刘若愚《酌中志》亦记宫廷饮食:“初八日,进‘不落夹’,用苇叶方包糯米,长可三四寸,阔一寸,味与粽同也。”震钧《天咫偶闻》言:“北方食物,有南方所未有者。……以糯米饭加芝麻糖为凉糕。丸而馅之为窝窝,即古之不落夹是也。”《燕都小食品杂咏》之中,有一“甑儿糕”:“担凳炊糕亦怪哉,手和糖面口吹灰。一声吆喝沿街过,博得儿童叫买来。”注云:“售者担高凳,一端置小火炉,一端置木柜,中实米面及糖等,木甑中空,以面及糖置甑中蒸之,顷刻即得,推其底,则糕自甑下出,儿童颇喜之,盖以其现做现炊,甚有趣也。”这些面食之外的别出心裁,亦为北地食物挣得一点薄面矣。

棘·海枣

《诗经·魏风》之《园有桃》,吟诵完桃子后,接着说:“园有棘，其实之食。心之忧矣，聊以行国。不知我者，谓我士也罔极。彼人是哉，子曰何其?心之忧矣，其谁知之?其谁知之，盖亦勿思!”据余冠英注本，食桃和食棘似是安于田园、不慕富贵的表示，桃、棘均为山野之物。棘，即酸枣。

酸枣，自然是早已听闻的,《诗经》即耳食其一，却长久地未吃过。真正见识，不过是前些时，去山里游玩,去时容易,回来略难,沿着山路往远处的车站站点走,路倒平坦，却得走些时候。秋日光照，洒在身上，暖意融融，忽见道旁有小灌木，叶小，生尖刺，挂着许多红红的果子，弹球大小而已，虽未吃，也醒悟到这即是酸枣。伸手摘下几颗，放口中尝尝，有些干瘪，可能已近秋末，果子的季节快过去了。又换棵酸枣树，拣若干圆润些的，好许多，确实有点酸，甜从酸中透出，而果肉不经吃，几下就没了，多吃几颗稍可弥补。

先前读《梦溪笔谈》，说枣与酸枣："枣与棘相类，皆有刺。枣独生，高而少横枝；棘列生，卑而成林。不识二物者，观文可辨。"所谓观文可辨，简体汉字"枣"不大能辨了，恢复为繁体"棗"，与"棘"放在一起，一独生，一列生，一目了然。而巧的是，我沿山路前行，不仅酸枣树处处皆见，坡下竟有一片枣园，农人所种。有几棵枣树已靠近坡上，离路边不远，旁边即是酸枣树，倒是给了我直观的印象。枣树均棵棵独自站立着，而棘——如其形，片片生长。枣子近在眼前，摘下和酸枣比照，足有酸枣三四倍大，咬嚼之，饱满润泽，甜，脆生生，不同于酸枣之瘪，但也无酸枣的酸甜混合口感。

鲍山《野菜博录》"酸枣树"条有云："《尔雅》谓之樲枣。生山野间。木似枣树，皮细，茎多刺。叶似枣叶，微小。结实比枣圆小，紫红色，味酸，性平。"描述得准确，而那枝条上的刺，也不客气地给我手背留下几道血痕。

酸枣之名棘，段玉裁注《说文解字》曰："小枣树丛生，今已随在有之，未成则为棘而不实，已成则为枣。"《诗诂》："棘如枣而多刺，木坚，色赤，丛生，人多取以为藩。岁久无刺，亦能高大如枣。木色白者为白棘，实酸者为樲棘，亦名酸枣。"吴其濬《植物名实图考》"酸枣"条云："酸枣，《本经》上品。《尔雅》：樲，酸枣。《注》以为即樲棘。又白棘，《本经》中品。李当之云：白棘实酸枣树叶。又《别录》有刺棘花，亦即棘花也。"

翻吴其濬书时，又见一种名字中有枣之物，曰海枣。在"无漏子"条："无漏子，《本草拾遗》始著录。即海枣也。广中有之。"恍然记得于另一书中见过，寻出劳费尔《中国伊朗编》商务汉译本，找到"枣椰树"一节，页下有一小注："《植物名实图考》的作者吴其浚(卷17，第21页)也辨认出'无漏子'为'海枣'。"这显然即上引无漏子条，不过卷数似有误，应为卷三十二，无漏子列最末一条。再有，《植物名实图考》作者乃吴其濬，而非吴其浚。吴其濬的祖父吴廷瑞有三子：吴湳、吴烜、吴燈。吴湳生子其浚，吴烜生子其濬，其浚是其濬的堂兄。

海枣，即椰枣，也叫波斯枣、无漏子、番枣等。其名虽为枣，实际与枣并不同科，枣是鼠李科枣属，海枣是棕榈科刺葵属。从波斯枣的别名亦知其源头，唐代进入中国，劳费尔《中国伊朗编》已考证较为详尽。我姑且记下其在书中未尽数引出的某些记载，如嵇含《南方草木状》卷下果类谈海枣树：

“海枣树，身无闲枝，直耸三四十丈，树顶四面共生十余枝，叶如栟榈。五年一实，实甚大，如杯碗。核两头不尖，双卷而圆。其味极甘美。安邑御枣，无以加也。泰康五年，林邑献百枚。昔李少君谓汉武帝曰：臣尝游海上，见安期生，食臣枣，大如瓜，非诞说也。”

这些描述，离椰枣甚远，劳费尔说这很可能是指的凤尾蕉。而李少君之言，实在虚幻得很。另如陶宗仪《辍耕录》卷二十七“金果”条：

“成都府江渎庙前，有树六株，世传自汉唐以来即有之。其树高可五六十丈，围约三四寻，挺直如矢，无他柯干。顶上才生枝叶，若栟榈状，皮如龙鳞，叶如凤尾，实如枣而加大。每岁仲冬，有司具牲馔祭毕，然后采摘，金鼓仪卫迎入公廨，差点医工，以刀逐个剥去青皮，石灰汤焯过，入熬熟，冷蜜浸五七日，漉起控干，再换熟蜜，如此三四次，却入瓶缶，封贮进献。不如此修制，则生涩不可食。泉州万年枣三株，识者谓即四川金果也。番中名为苦鲁麻枣，盖凤尾蕉也。”

劳费尔质疑道：“据贝烈史奈德说，这名字和枣椰树是很符合的。但是这种树怎么会在四川那种气候生长得很茂盛，真是令人难信，贝烈史奈德自己也承认‘Salisburia adiantifolia’的果实现在也叫做‘金果’。因此，虽在《辍耕录》的那一段里添上了这种枣子的波斯名称，但仍然令人怀疑文中有些误解。”

这让我想起知堂在《百廿虫吟》中说的一句话：“不知道有多少年来中国读书人的聪明才力都分用在圣道与制艺这两件物事上面，玩物丧志垂为重戒，虽然经部的《诗》与《尔雅》，医家的《本草》，勉强保留一点动植物的考察，却不能渐成为专门，其平常人染指于此者自然更是寥寥了。”其实，嵇含、陶宗仪已然是读书人中的异类，愿意去做名物之考察，不过，其考察中的不甚准确乃至掺杂玄虚成分，是令人略有憾意的。

卤煮、白肉与把子肉

进得卤煮店，迎面见一口大锅，径五尺有余，热气蒸腾，一股难言的味道扑鼻而来。透过氤氲的气，看到锅中的沸汤，呈酱色，浓厚非常，翻涌着肠、肺、肝等，锅沿儿有一溜火烧，如众星捧月般环绕。盛来一碗卤煮，端上餐桌，筷子挑一挑，除肠肺等，还有小块的油豆腐、切成条状的火烧、香菜、蒜汁、葱末、辣椒油，搅匀，张口嚼之，肠之香，肺之软，略硬的火烧入汤后的酥，混合出一种美味。此物秉性实诚，汤、菜、饭俱备，一碗足矣。

卤煮非谁都能消受的食物，大致以地域为限，北人多半吃得，南人未免畏之避之。

卤煮和苏造肉有亲缘关系，简言之，前者为后者的苗裔与变体。苏造肉历时久远,《清稗类钞》早有云:“宫中于五月食椴木饺……又有苏造糕、苏造酱诸物，相传孝全后生长吴中，亲自仿造，故以名之。”(不过金云臻的《燕居梦忆》中另有一说:“据说，此肉的制法，始自清宫，不过是一味家常菜。为什么叫苏造?我开始以为是自苏州学来的，及至目睹，原来是一锅猪肉大杂烩，想来不会是来自苏州。后来了解，所谓‘苏’，是酥烂的意思，是煮得酥烂的肉。”)

《燕都小食品杂咏三十首》中亦语及苏造肉:“苏造肥鲜饱志馋，火烧汤渍肉来嵌。纵然饕餮人称腻，一脔膏油已满衫。”后面的注细说制法:

“苏造肉者，以长条肥肉，酱汁炖之极烂，其味极厚，并将火烧同煮锅中，买者多以肉嵌火烧内食之。”

可看出，卤煮也不过是这种做法，大的差异是将五花肉的材料换成了内脏。这自然是为了成本的考量，乃进入平民社会的一个选择，算是因陋就简，却也是食物有意无意的嬗变。京城多这样的吃食，如炒肝、豆汁、麻豆腐、灌肠、豆渣糕等。

卤煮的来源悠远，白肉亦不遑多让，且白肉始终未如卤煮“移樽就教”到市井锅沿儿的地步。读李家瑞《北平风俗类征》，有文谈白肉的来历：

“‘白煮肉’是由满清入关后，才逐渐推行到民间去，所以后来皇帝往往赏群臣‘吃肉’（即吃‘白煮肉’）。在从前的《宫门钞》上，时常可以见到‘明日某刻皇上升座吃肉毕……’，‘吃肉’这样一个俗不雅驯的名词，在黄皮报上，竟致大书特书。”

白肉另有一颇具意味的叫法，《随园食单》特牲单“白片肉”条曰：“须自养之猪，宰后入锅，煮到八分熟，泡在汤中，一个时辰取起。将猪身上行动之处，薄片上桌。不冷不热，以温为度。此是北人擅长之菜。南人效之，终不能佳。……满洲‘跳神肉’最妙。”跳神是祭神请神之舞，白肉乃祭礼之食物，祭礼后众人分食。”

到得嘉庆时张子秋诗云“缸瓦市中吃白肉，日头才出已云迟”，此食物进入市街已有多年了。王世襄在《谈北京风味》中说，“乾隆六年借西四定王府更房（因用沙锅煮肉故通称‘沙锅居’），就专以白肉及其他取自猪身的菜久负盛名”，看来，缸瓦市的沙锅居得名（现今名砂锅居）即是如此。白肉做者甚多，而砂锅居当仁不让为白眉。做法算不得复杂，但吃起来却讲究得很。老的说法，“吃白肉的佐料，习见的则是酸菜，腌韭菜末，与酱油、醋等”，如今喜用芝麻酱、辣椒油、酱豆腐和韭菜花。砂锅居古旧之先前每天只卖一猪，售完就完了，不再另卖，可见出店有店的老规矩，当然这仅为遗风，唯见掌故中。刘叶秋在《老北京的饭馆儿》里记下清末民初郑稚辛的一首七绝：“花猪肥美胜珍馐，风尚由来自满洲。但使微臣能卜昼，未知肉食更谁谋。”“微臣能卜昼”，是用了典故的，“齐桓公在陈敬仲家饮酒，欲继为夜饮，敬仲辞曰：‘臣卜其昼，未卜其夜。’因为砂锅居本来每天只卖午餐，午后即停业。所以郑君之诗如此用典，是很俏皮的。从前老北京也有‘砂锅居——过午不候’的一句歇后语，这和郑稚辛的七绝，都可以算是砂锅居的掌故了”。

徐凌霄《旧都百话》中说及砂锅居的更早名谓：“惟独这家白肉馆，专卖上半天，一交正午，便封灶上门。

其中桌凳、碗、樽、筷完全是几世纪以前的太古遗风，门口‘和顺居’三字，古色斑斓，殊不亚于《水浒》上的瓦官之寺。”不仅钩沉出前用名，对桌凳陈设的描画亦颇令人有恰切之认识。

鲁菜中，有一名为把子肉的，我初次吃不解为何起这样的名字，后来疑惑得释，原是借刘关张桃园三结义的典故得来（不过此三位无一人为山东籍，此肴却于鲁地成名，亦是曲折）。菜上来，入目极显眼的，大片酱色五花肉上捆扎着蒲草，肥瘦相间，片大如掌，气魄不小。口感甚好，肥处已酥，瘦处不柴，下饭得很。听其做法，乃上好的五花肉切片，蒲草捆好，焯完后，放到坛子中，只需搁酱油不需盐，大火加之，沸后，文火慢炖，待得足够时间即可。

鲁地另有一种甏肉，和把子肉有些像。顾名思义，其最大特点乃在砂甏中做成，以焖卤的方式。其与把子肉的材料区别在于，不仅用五花肉，亦用里脊肉。

说起用线状物将肉捆扎起来，还在南方吃过一类，名字即为扎肉。也是采五花肉做出，不过非片状，而是四四方方的小块。至于用何物捆扎，把子肉以蒲草，扎肉以青稻草或竹箬丝耳。鲁迅的小说《在酒楼上》，讲“我”和吕纬甫偶然重逢，互道别后境况，“其间还点菜，我们先前原是毫不客气的，但此刻却推让起来，终于说不清那一样是谁点的，就从堂倌的口头报告上指定了四样菜：茴香豆，冻肉，油豆腐，青鱼干”。后来，周作人在《鲁迅小说里的人物》解释这些菜，关于“冻肉”言道：

“冻肉方言叫作‘扎肉’。用肥瘦适宜的猪肉切成长方块，以竹箬丝横缚，加酱油桂皮等作料煮熟，盛入钵内，候冻结后倾出大盘上，晶莹如琥珀，唯冬天才有，一块售钱十六文。”

看来那时较为低廉，待得我吃时，就所费略贵了。

饼

家附近，有一间兰州拉面馆子，路过时常常会拐进去，未必吃面，更多的是买一种仅在这里售出的食物——锅盔。里面的锅盔有两类，白锅盔和油锅盔，我独选后者：金黄色的表面，入口酥软，有特殊的香气，嗅之怡然，味道上好。

油锅盔用小麦面或青稞面，发酵，揉好，做成圆圆的锅底状，其后常规烙制即可。其香气之诱人，是因用了胡芦巴粉，或名香豆、苦豆、香草籽、胡巴、小木夏、芸香草、苦朵菜、香苜蓿等。金张子和在《儒门事亲》中记此物云：

“有人病目不睹，思食苦豆，即胡芦巴，频频不缺，不周岁而目中微痛，如虫行入眦，渐明而愈。”

可做食补，亦可做药用，可谓一举两得。胡芦巴为豆科草本，西南、西北均有，不过面食中加之，似仅为西北。其花呈黄白色，微小，立于羽状三出复叶之上，楚楚可人。其种子及茎叶都可磨成粉状，以作食用。

加胡芦巴粉的，自然不止油锅盔一种食物，但便利获得的，却是此物，因之也就常吃它了。如此念念不忘，全因此股香味，如无，泯然众人矣，由此细细探究之，想是有情可原的。

在以气味取胜的饼食中，北京的藤萝饼别具一格。《燕京岁时记》有云："三月榆初钱时，采而蒸之，合以糖面，谓之榆钱糕。四月以玫瑰花为之者，谓之玫瑰饼。以藤萝花为之者，谓之藤萝饼。皆应时之食物也。"对其制法，邓云乡曾在文中记："藤萝饼的馅子，是以鲜藤萝花为主，和以熬稀的好白糖、蜂蜜，再加果料松子仁、青丝、红丝等制成。因以藤萝花为主，吃到嘴里，全是藤萝花香味，与一般的玫瑰、山楂、桂花等是迥不相同的。"其后又说："知堂老人曾写文章慨叹，在北京吃不到好茶食、好点心，实际是有些偏见。藤萝饼不就是京华的好点心吗？只是老人死时很凄凉悲惨。说到此间，不免更使人感慨不已了。”由物及人，睹物思人，确是伤感。

藤萝在许多地域多见，乃攀援植物，紫色花自攀援物上垂下，纷披散然，令人心悦。清戴璐著有一册笔记，曰《藤阴杂记》，其得名即因藤萝之美好姿态：“寓移槐市斜街，固昔贤寄迹著书地，院有新藤四本，渐次成荫，恒与客婆娑其下，爰仿渔洋《香祖》之例，即以名之。”

以花入食，赏心之余，又快朵颐，自然是好事。清顾仲《养小录》曾记藤花的一种吃法：“搓洗干，盐汤酒拌匀，蒸熟晒干，留作食馅子甚美，腥用亦佳。

老牌的点心铺做藤萝饼，名之为白皮翻毛藤萝饼，仅闻其名，不太明白，待得拿到手中，稍稍掰开，只见一层层的洁白饼皮，如丝絮般，似欲飘落，此时，对这个名字就豁然了。食物中，可口且可观者，藤萝饼为个中翘楚也。

去济南，吃到一种叫油旋的饼，圆形，金黄色，外表呈螺旋状，一旋一旋趋向饼心，中心稍凹进一些。口感略近千层饼，焦、酥且香。《养小录》亦记载油旋的制作：

“白面一斤，白糖二两，水化开。入香油四两，和面作剂，擀开。再入油成剂，擀开。再入油成剂，再擀，如此七次。火上烙之，甚美。”

油旋吃起来，除焦酥外，另一感觉真如其名：油。这让我想起别一种没吃过但久闻其名的饼——草炉烧饼，汪曾祺曾在《八千岁》中着意描写过：“这种烧饼是一箩到底的粗面做的，做萡子只涂很少一点油，没有什么层，因为是贴在吊炉里用一把稻草烘熟的，故名草炉烧饼。”草炉烧饼与油旋的共同点自然都是饼类，且均在炉膛内烘熟，但显然前者会干燥许多，因为“只涂很少一点油”，且与油旋的多层比，草炉烧饼“没有什么层”。这样少油无层的饼，想来必很便宜，否则也不会让土财主加吝啬鬼的八千岁嗜之如命，一天到晚吃它，自己吃还不够，又拉上自家孩子一起，以至为儿子赢得“小八千岁”的名声(再加穿着和行为举止)。而《八千岁》对草炉烧饼的描写，竟也引起了大洋彼岸的张爱玲之注意（此时的她应已过六十岁），特地写了一篇《草炉饼》

饼
花馅
禧
福

来回应：

“前两年看到一篇大陆小说《八千岁》，里面写了一个节俭的富翁，老是吃一种无油烧饼。我这才恍然大悟，四五十年的一个闷葫芦终于打破了。”

“二次大战上海沦陷后，天天有小贩叫卖：‘马……草炉饼。’吴语‘买’‘卖’同音‘马’，‘炒’音‘草’，所以先当是‘炒炉饼’，再也没有想到有专烧茅草的火炉。卖饼的歌喉嘹亮，‘马’字拖得极长，下一个字拔高，末了‘炉饼’二字清脆迸跳，然后突然噎住。是一个年轻健壮的声音，与卖臭豆腐干的苍老沙哑的喉咙遥遥相对，都是好嗓子。”先是当“炒炉饼”，后又猜是“燥炉饼”，但总觉得不对，直到读了汪曾祺的小说，才解惑。

汪曾祺是以自己家乡的饼入文，方写得如此传神，因体察得细且深。我打小儿也吃一种饼，是在锅里摊制的煎饼。面粉里加入清水、葱花，打若干鸡蛋，搅拌，达到适宜的稠度；铁锅烧热，用刷子在内壁刷上一层油，以勺子舀面糊，呈圆形均匀洒到锅里，会形成薄薄的饼，一面熟后，翻起，以另一面覆之，如此这般，就成了。

喜欢吃火候重的，就多炕会儿，饼的边缘处慢慢变为焦黄，一圈硬边儿便出现了。

有一种方言叫法，称此煎饼为歘饼。歘为象声词，用在这里，大约就是拟面糊糊洒入锅里的声音罢。

小时吃煎饼十分频繁，多为早餐。一碗粥，两张煎饼，一碟咸菜，吃完它们，小肚皮已经撑圆了，于是便上学去，足以维持一上午学堂时光，直至中午回家来。

先前每日吃未必觉得有多好，待到不易吃到了，却又有些怅惘。鲁迅在《朝花夕拾》的小引里说菱角、罗汉豆、茭白、香瓜："凡这些，都是极其鲜美可口的；都曾是使我思乡的蛊惑。后来，我在久别之后尝到了，也不过如此；惟独在记忆上，还有旧来的意味留存。"于我而言，亦大致如此。

甜瓜

清范寅《越谚》卷中，有“瓜”的条目，小引曰：“蔓生，产咸地者为上。越多涨沙，遍种无旷土，备极种类。为《食谱》《本草》诸书所未及者，兹略书其名目。”内有礅礤瓜：

“又名冷饭头瓜，又名呃杀瓜，较香瓜为大，以其形如礅礤而粉糯噎喉，然味实美。”

这种瓜，越地固然产，然并非特产，其实北方亦所在多有。富察敦崇《燕京岁时记》曾记载：“五月下旬，则甜瓜已熟，沿街吆卖，有旱金坠、青皮脆、哈密酥、倭瓜瓤、老头儿乐各种。”后来翁偶虹在《货声》中描绘出街头的叫卖声：

“甘蔗味儿来，旱秧来，白沙蜜的好吃来！哈蟆酥的旱香瓜来！犄角蜜的好甜瓜来！青……皮脆来，旱香瓜另个味儿来！老头儿乐的甜瓜来！”

二则材料配合，妙极。其末尾均为老头儿乐，即《越谚》所说礅磉瓜，这样古怪的名称，和呃杀瓜的取名有异曲同工之妙，都指口感绵软，即使老头儿无牙，吃起来亦无障碍，所以乐呵呵，而有牙者，又觉得其食之噎喉，未免呃杀人也。

读到这些材料，方回忆起自己也是吃过此物的，称呼有异，名为面瓜。小时，每逢春夏季，就会有这种瓜上市，小孩子爱吃它么，实在也未必，因不太甜，入口“面面”的，没嚼头，且真的噎嗓子，对于喜欢脆甜口味的稚童而言，算不得上佳果品。不过，物质不丰裕时代，有的吃就不错，哪里还容挑拣呢，所以还是要吃的。这瓜模样确有些像石墩子，有大有小，小的也就拳头样，大的就不好说了，可“大些再大些”。给它开膛，不必用刀，挥拳一砸，也就裂开了，再分块儿即可。孩子张嘴咬嚼，不敢太大口，噎得慌，也不能吃多，尤其是饭前，这瓜很能撑肚子，多了影响正餐。有这个特征，越地称呼它“冷饭头瓜”，真是贴合。

又听说，有的地方叫此瓜“噎死狗”，这玩笑开的，和“老头儿乐”并置，可谓谑而虐矣；另有一叫法，曰“奶奶哼”，和“老头儿乐”恰可配对儿。

这瓜，实即甜瓜中一类，如《燕京岁时记》所说，不过甜度稍逊，不太为幼童欢迎而已，他们爱吃的，是一种绿皮甜瓜。若判断不错，就是《燕京岁时记》所云的“青皮脆”。有地方还叫它“青皮绿玉”，前者指外皮，后者指内瓤，颜色较之外层要减弱许多，却仍是浅绿，用绿玉来形容，很美。

绿皮甜瓜之讨喜，因其脆，因其甜，品种佳的，糖分之高，食之如吮蜜（但若遇到不甜的，也无法）。此瓜没有太大的，多半也就拳头样，一次吃一只恰好。只须将蒂去掉，或以手捏开，或直接咬之，看各人的习惯。绿皮甜瓜可以做到全然不浪费，因只要洗净，连皮啖之，籽亦入肚，不余分毫。

并不是所有甜瓜都可连皮吃的，如白兰瓜。小时吃白兰瓜无数，如今却在市面上见不到了，不知怎的。白兰瓜得名，可能是因出产兰州，且皮是白色，合起来，就是这个名字。它的皮硬硬的，有许多褶皱，不光滑，切开后，印象中要用勺子将籽去掉，应是较硬，不中吃。其果肉呈淡绿色,食之甜美。这种甜,或还超出绿皮甜瓜,因白兰瓜生长于更干旱地域，所蓄积的糖分更为可观。

稍稍纳罕《燕京岁时记》记录五月甜瓜时，怎么不写白兰瓜一笔？便去查了一下，原来这是一种原产于美国的瓜，二十世纪四十年代才引入国内，五十年代试种成功，那清代的富察敦崇自然是无缘得见了。

又读清潘荣陛《帝京岁时纪胜》，亦提及甜瓜：“甜瓜之品最多，长大黄皮者为金皮香瓜，皮白瓤青者为高丽香瓜，其白皮绿点者为脂麻粒，色青小尖者为琵琶轴，味极甘美。”《帝京岁时纪胜》于乾隆二十三年刊印，《燕京岁时记》于光绪三十二年刊印，相距百多年，可看出，同在京城，对香瓜的称呼已然大不同。若揣测一下，金皮香瓜或为旱金坠，琵琶轴或为青皮脆，脂麻粒不知后来变为何名，而光绪年间满大街叫卖的哈密酥（哈密瓜），《帝京岁时纪胜》时尚未常见于市面，因为此瓜于康熙时才作为贡品进入紫禁城，几十年间大约只有少数人可尝到，乾隆年间汪启淑《水曹清暇录》卷十六“哈密瓜”条有云：“哈密在敦煌之西，去京师七千余里。其地惟产瓜，有淡黄、粉红、碧色三种。不及待其熟即摘，裹重毡运至京师，亦有剖而焙成条者。”如此珍贵的果品，街头自然是未有踪影的，到了清末，方普及开来，飞入寻常百姓家。

甜瓜新品种的演变，揆诸现今，流行的有一叫伊丽沙白瓜的。我一直以为是从欧洲引进的品种，后来偶然得知是国内自日本引来的。这名字取的——不知是日本原有，还是进来后改造的，总透出一股莫名其妙的味道。本来就不太喜欢此瓜的口感，结果更加不爱吃。

因名字拒绝一种瓜，或许有些太任性了。

附记：

元贾铭《饮食须知》卷四果类，“甜瓜”条曰：“张华《博物志》云：人以冷水渍至膝，可顿啖瓜至数十枚。渍至项，其啖转多，水皆作瓜气，未知果否？”用冷水浸法，吃数十枚甜瓜乃至更多，且冷水散发甜瓜气，这种奇谭，

贾铭尚认真地问一句是否确切，不知是暗自好笑，还是认作真的了。

《物类相感志》果子类，有云："甜瓜生者用石首鲞鱼骨插蒂上，一宿便熟，勒鲞亦可。"此物类感应确是奇特。

《水曹清暇录》卷十六"哈密瓜"条引赵翼长诗一首，可摘录几句："……甘芬不输文官果，清脆欲赛哀家梨。惜哉到京已冬节，切处先愁宝刀折。仅堪杯酒佐解酲，未得巾絺效消热。润肺虽同咽清露，战牙不免嚼寒雪。我思此瓜亦熟秋夏期，邮千万里到乃迟。色味幸非香荔变，节候已等摽梅悲……"颇能写出此瓜的好处。

说“血食”

在此处，非采“血食”的本义（受享祭品），而是转义为以动物血液制成的食物。算是一种曲解，不过偶有一次尚可自谅（并未想毁坏语言的祖脉）。

宋吴自牧《梦粱录》中，有一段记载：

“御街铺店，闻钟而起，卖早市点心，如煎白肠、羊鹅事件、糕、粥、血脏羹、羊血、粉羹之类。冬天卖五味肉饼、七宝素粥，夏天卖义粥、馓子、豆子粥。又有浴堂门卖汤面者，有浮铺早卖汤药二陈汤，及调气降气并丸剂安养元气者。”

其间，出现两次“血食”：血脏羹、羊血。关于血脏羹，不仅宋有，如孟元老《东京梦华录》卷二饮食果子有云：“其馀小酒店，亦卖下酒，如煎鱼、鸭子、炒鸡兔、煎燠肉、梅汁、血羹、粉羹之类。每分不过十五钱。”陆游《老学庵笔记》卷七亦曰：“建安陈氏享先，用肝串子、猪白割、血羹、肉汁。皆世世守之，富贵不加，贫贱不废也。”后来也有记录，如清陈衍《元诗纪事》：“见陈平章曰：‘我特来索血脏羹吃。’平章亦以斋戒为答。佛曰：‘元来你也是不了事汉。’平章遂作此羹[illegible]之。”直至今日，浙江一带仍有此物（现名鸡、鸭血羹或鸡、鸭杂羹），乃以制好之鸡、鸭血，加入肠肝，勾芡而成，出锅后撒胡椒粉、香菜末等，即可食用。至于羊血，《梦粱录》言之不详，不知是怎样的做法，且其后并无他记，但亦正因材料罕见，便被一道名吃引为源头，此即秦地的粉汤羊血。

这一吃食，我在西安未吃，反而在北京的一家陕西馆子品尝，原因无他，早前去西安时，尚不知此吃。还好如今地无分东西，食物的“交通”已然便利许多，知晓了就可吃到。待一碗粉汤羊血端上桌，细端详，内有粉丝自不待言，那羊血，呈细条状，宽不逾半公分，另有豆腐、蒜苗末、香菜末，满碗飘红，辣椒油弥漫，附一块饼，可以掰碎了放汤里吃。挑起羊血，放嘴里尝尝，其嫩超出预想，滑而爽，柔腻易入喉，相较而言，粉丝就要口感糙些了，二者配合，恰可中和。喝一口辣汤，咬嚼血粉，吃一小块饼，额头微汗，一阵快意。

羊血的嫩，大约是出自其制作方法：新鲜的羊血倾入盆中，拿马尾箩过滤，去粗存精，之后倒进盐水里，搅拌均匀，血渐渐凝固，切成长条块儿，入开水锅，温火熬煮，羊血在火攻下，慢慢呈豆腐状，即可盛出，放在清水里。这样的原料，方能制出好味道的粉汤羊血来。

元忽思慧的《饮膳正要》，有一道“鸡头粉血粉”云：“补中，益精气。羊肉（一脚子，卸成事件），草果（五个），回回豆子（半升，捣碎，去皮）。上件，同熬成汤，滤净，用鸡头粉二斤，豆粉一斤，羊血和作粉，羊肉切细乞马炒，葱、醋一同调和。”这种羊血的用法较为新奇，或于后来的粉汤羊血有所影响也未可知。清童岳荐《调鼎集》卷三特牲部，记“羊血羹”：“腐衣、笋衣、胡椒末、豆粉、豆腐丝、血丝、醋、酱油，原汁作羹。”大约是受了《饮膳正要》的影响。

品尝粉汤羊血，难免让人想起另一种传播更普泛的汤类——鸭血粉丝汤。这是两种略有些相似的食物，我更愿意比较一下异同。粉汤羊血中，除去羊血，并不加羊的其他部位，而鸭血粉丝汤，鸭血外，另有鸭肠、鸭肝、鸭胗等；粉汤羊血的辅料有豆腐，鸭血粉丝汤内是油豆腐；粉汤羊血是辣味道，辣椒油是一定要放的，且很多，遍野皆红，鸭血粉丝汤可放可不放，即使搁辣椒油，也不会很多（我吃它，都是清淡的）；粉汤羊血品之，全无腥味，看来是在制作过程中尽数抹去了，鸭血粉丝汤呢，尝来还是有些气味的，或不能称为腥味，权且叫鸭味亦可，这可能是汤内加入鸭杂碎的缘故。

鸭血粉丝汤的历史不算久远，大约可追溯至清末，有人找出其时《申报》主编蒋芷湘的一首诗来验证：

“镇江梅翁善饮食，紫砂万两煮银丝。玉带千条绕翠落，汤白中秋月见嫦。布衣书生饕餮客，浮生为食不为诗。欲赞茗翁神仙手，春江水暖鸭先知。”

然而，挑剔的也会说，没有一个字提到鸭血，不过是粉丝汤而已，且末尾仅为袭用苏东坡的成句，或是喻义，未必实指鸭子。当然这是不同地域之间争取名品发明权的口舌之争，外人不理也罢，且吃这道鲜美的汤就是了。（苏州有一叫鸭血糯的食物，实为一种米粥，鸭血不过状其颜色而已。）

毛血旺也用鸭血，另外的材料尚有黄豆芽、鳝鱼、猪肉、毛肚、黄花菜、鱿鱼等。我虽爱吃辣，但面对这道菜，也略需鼓点勇气，因那红彤彤的外观，于不常见的人还是有些骇异的。鸭血在此菜中的地位，自如何冠名即可看出。麻辣味道的围裹下，鸭血的嫩滑特征仍是出挑动人。

灌肠中有一类血肠，口味奇特。其原料不择细流，猪血、羊血等都是可以的，另加猪（羊）油和洋葱末、盐、姜粉、胡椒粉等调料。较早的血肠起源，可追溯至有萨满教气息的部落祭祀活动（倒是符合了“血食”的本义），《满洲祭神祭天典礼·仪注篇》中有云：

“司俎满洲一人进于高桌前，屈一膝脆，灌血于肠，亦煮锅内。”

可见出古朴的原貌。在蒙古族、藏族的传统饮食中，亦有血肠的存在。吃法上，东北多以血肠和酸菜白肉炖煮，加韭菜花、腐乳、辣椒油、蒜泥等佐料，各味调和，相得益彰；藏区更喜将血肠在沸汤中煮熟，其后切割食之。翁偶虹《货声》中记有一种双肠：“清真教人，推车叫卖，兼卖牛肉及双肠。双肠是用羊血灌羊肠，可烩可汆，血清曰‘血双肠’，血红曰‘红双肠’，有时血中加羊脑。”

在福建厦门，有名为同安大肠血的，乃血肠之一种。所采材料为猪血，灌入肠后，在骨头汤中熬煮，熟后，用剪刀截为一段一段，放在碗里，撒上胡椒粉、香菜末等，浇上滚烫的汤，就可吃了。这是口味较重的食物，偏嗜者更易消受些。

据说湖南永州有一款名菜——血鸭，特点是在焖鸭出锅前，将鸭血洒在鸭块上，翻炒均匀，鸭块表面布满鸭血，加调料后就可起锅盛盘。此菜的样态实是奇特，血色殷然，为“血食”殿军，无愧矣。

附记：

宋周密《武林旧事》卷九高宗幸张府节次略，其食单“下酒十五盏”第十五盏为“蛤蜊生、血粉羹”。日本幸田露伴在《张俊供进御筵食单》一文中笺释之，曰：“血粉羹，包子酒店卖血粉羹，见《都城纪胜》。有曰粉食店者，卖山药丸子、金橘水团、橙粉水团等。见《梦粱录》。捏粉成团，煮之，即吾邦之‘水吞’也，水团之讹也。别有海粉。以巨石压龟鼋属其背，则口中吐粉，吐尽而毙，名曰海粉。见《五杂俎》。但此粉不是海粉，饮馔将终，侑以粉羹，当时之习也。”

北魏贾思勰《齐民要术》作羊盘肠雌斛法，有云：“取羊血五升，去中脉麻迹裂之，细切羊胳肪二升，切生姜一斤，桔皮三叶，椒末一合，豆酱清一升，豉汁五合，面一升五合，和米一升作糁，都和合，更以水三升浇之。解大肠，淘汰，复以白酒一过，洗肠中屈伸。以和灌肠，屈长五寸，煮之，视血不出便熟，寸切，以苦酒酱食之也。”这算得相当早的血肠记载了。

芫荽与荆芥

《语丝》第一三二期（一九二七年五月二十一日），有一篇贺昌群的《撒园荽》，其中有据《佩文韵府》引《湘山集》的一条记载：

“园荽即胡荽，世传布种时口言亵语则其生滋盛，故士大夫以秽谈为‘撒园荽’。”

编者周作人为此文写了按语：“我又根据上文去查《湘山野录》，果然在中卷找到，但是文句完全不同，可见清朝钦定的书之靠不住，所引不是原语了。文曰：‘冲晦居士李退夫者事矫怪，携一子游京师，居北郊别墅，带经灌园，持古风以饰外。一日老圃请撒园荽，即《博物志》张骞西域所得胡荽是也，俗传撒此物须主人口诵猥语播之则茂。退夫者固矜纯节，执菜子于手撒之，但低声密诵曰，“夫妇之道，人伦之性”，云云，不绝于口。无何客至，不能讫事，戒其子使毕之。其子尤矫于父，执馀子咒之曰，“大人已曾上闻”。皇祐中馆阁遂为雅戏，凡或谈话清淡，则曰，“宜撒园荽一巡”’。”

李家父子将撒园荽的习用语改造成这般模样，未免可发一笑，而播种此物须说猥语虽是奇特，考虑到民俗学家所言野蛮人相信植物之生长与人之繁衍原理一致，大约就可解释了。不过人类毕竟大有进步，仅在口头上念念有词，便算作仪式完毕矣。

因《撒园荽》一文，鲁迅于一九二七年七月二十七日写信给江绍原：“今夜偶阅《夷白斋诗话》(明顾元庆著，收在何文焕辑刊之《历代诗话》中)，见有一则，颇可为‘撒园荽’之旁证，特录奉：——

南方谚语有‘长老种芝麻，未见得。’余不解其意。偶阅唐诗，始悟斯言其来远矣。诗云：‘蓬鬓荆钗世所稀，布裙犹是嫁时衣。胡麻好种无人种，合是归时底不归？’胡麻，即今芝麻也，种时，必夫妇两手同种，其麻倍收。长老，言僧也，必无可得之理，故云。”

由撒园荽到种芝麻，有着同样的曲折路径（顾元庆所阅唐诗，乃葛鸦儿《怀良人》）。

话回到园荽身上，此物即芫荽，俗名香菜，乃外来物种，如前所言“张骞西域所得”，为何在早时会有这样的播种仪式？不免让人疑心是中亚传来的，如周作人也说，“所以或者还令人怀疑这说村话的民俗是否受外来的影响，虽然我想在中国自身也会有这习俗发生，希望找出别的证明的材料”，不过终究并未寻出。（周氏对撒园荽的故典显然记忆深刻，直到晚年作“八十自寿诗”时尚说：“可笑老翁垂八十，行为端的似童痴。剧怜独脚思山父，幻作青毡羡老狸。对话有时装鬼脸，谐谈犹喜撒胡荽。低头只顾贪游戏，忘却斜阳上土堆。”注云：“近译希腊路吉阿诺斯对话，中多讽刺诙谐之作，甚有趣味。出语不端谨，古时称撒园荽，因俗信播芫荽时须口作猥语，种始繁衍云。”）

芫荽乃伞形科芫荽属，《本草纲目》云“芫荽性味辛温香窜，内通心脾，外达四肢”，虽有如许好处，但因其气味，好者嗜之，恶者拒之，算是一种区隔性强的

菜蔬。人对气味的接受与否是有些奇怪的，或与基因相关，不仅芫荽如此，香椿似亦相类，有的人觉得香气四溢，而有的，却觉得臭味难闻。芫荽的此种特点，不知是否影响了其播种时口出猥语的习俗，或许并未，但想一想也是有意思的。

另有一种菜蔬，也是以特殊的气味取胜，却非外来，乃土生土长，名为荆芥。食者好恶之分野，与芫荽差似之。

荆芥，人多不识，因我的故乡习以凉菜食之，故不陌生。入口咀嚼，有股奇味，略显怪异的清香，夏日颇醒脑，是十分不错的佐餐佳品。鲍山《野菜博录》说荆芥：

“茎方，窊面。叶似独扫叶，狭小，淡黄绿色。结小穗，有细小黑子，锐圆。味辛，性温，无毒。”

荆芥是如今的学名，有一别名乃假苏，然而在古代，是反过来的，假苏是正名，荆芥反是别称。

李时珍曾考证：“按《吴普本草》云：假苏一名荆芥，叶似落藜而细，蜀中生啖之。普乃东汉末人，去《别录》时未远，其言当不谬，故唐人苏恭祖其说。而陈士良、苏颂复启为两物之疑，亦臆说尔。曰苏、曰姜、曰芥，皆因气味辛香，如苏、如姜、如芥也。”李时珍直接廓清了三种名称（假苏、姜芥、荆芥）的由来，就是据其辛香之气味而已。荆芥另有一奇特的别名，鼠蓂，未觅到出处，存疑。我猜测，或许是因其叶片的样子与开花的形态。

荆芥多用作配菜，极少单吃。如吃面时，在面条及菜码上撒几片叶子，有画龙点睛之意；或凉菜拌好后，再搁上一些荆芥，其特殊的香气可调剂整盘菜蔬的味道，颇妙。记得曾读过一篇文章，说在越南，食烤肉，配以薄荷，吃一口肉，咬嚼一片薄荷，使得每次口感都是新的。那么，若吃略“浊”些的荤食时，以荆芥解之，应是百试不爽罢。

附记：

明郎瑛《七修类稿》卷四十六事物类“未见得吃茶”条曰：“种芝麻，必夫妇同下其种，收时倍多，否则结稀而不实也。故俗云：‘长老种芝麻，未见得者。’以僧无妇耳。种茶下子，不可移植，移植则不复生也。故女子受聘谓之吃茶，又聘以茶为礼者，见其从一之义。二称皆谚，亦有义存焉耳。”可与鲁迅所引《夷白斋诗话》一则对看。

元贾铭《饮食须知》卷三菜类“荆芥”条：“味辛，性温。可作菜，食久动渴疾，熏人五脏神。反驴肉、无鳞鱼。勿与黄颡鱼同食。与蟹同食，动风。”《饮食须知》喜言食物害处，或有医理，或言过其实，可一观。另见清咸丰时王士雄《随息居饮食谱》毛羽类，有一条目云：“驴肉酸平有毒，动风。反荆芥，犯之杀人。”可与上条参看。

宋苏轼《物类相感志》饮食类，有云：“煮河豚用荆芥煮，三四次换水则无毒。”不知确否。

元忽思慧《饮膳正要》卷二食疗诸病有“荆芥粥”条：“治中风，言语蹇涩，精神昏愦，口面㖞斜。荆芥穗（一两），薄荷叶（一两），豉（三合），白粟米（三合）。上件，以水四升，煮取三升，去滓，下米煮粥，空腹食之。”

明韩弈《易牙遗意》下卷记有一种“荆芥糖”：“荆芥，连细枝梗，扎如花朵样，膏子糖一层，炒芝麻一层，焙干薄荷同法。”

皂角仁·槐花·榆皮

“皂角仁这东西,我的家乡女人绣花时用来‘光’(去声)绒，绒沾皂仁黏液，则易入针，且绣出的花有光泽。云南人却拿来吃，真是闻所未闻。皂仁吃起来细腻软糯，很有意思。皂角仁不可多吃。我们过腾冲时，宴会上有一道皂角仁做的甜菜，一位河北老兄一勺又一勺地往下灌。我警告他：这样吃法不行，他不信。结果是这位老兄才离座席，就上厕所。皂角仁太滑了，到了肠子里会飞流直下。”

这是汪曾祺记述在云南吃的一种蒸菜，所谓闻所未闻者，我亦然。毕竟皂角常见用途为洗衣，入口多未曾想。后来读朱橚《救荒本草》，谈到皂荚树结实，有三种：“形小者为猪牙，皂荚良；又有长六寸及尺二者，用之当以肥厚者为佳。味辛咸，性温，有小毒。”又谈吃法：“采嫩芽，煠熟，换水浸，洗淘净，油盐调食；又以子（不以多少）炒舂去赤皮，浸软、煮熟，以糖渍之可食。”这是说皂荚树的嫩叶与果实都能吃，而皂角仁的糖渍吃法，正是汪曾祺在腾冲所遇见的那种，至于做蒸菜的底料，看来却是另一“发明”矣。

能够想起吃皂角仁和皂荚叶，或许是为了吃得“俏”，或许是因饥饿而起。饿极了，连肥皂都恨不得吃掉，更不要说那看起来尚可入口的原材料呢，于是，叶子、果实均意料之外事理之中地成为试验品，颤抖抖进了锅灶，入了肠胃，得出结论，吃不死人（虽有腹泻），可食用。

由皂角仁想到饥饿，或不显得突兀，翻翻《救荒本草》，举目皆是与之相连的野菜。姑且只看与皂荚树同属的木本植物罢，选若干颇不陌生的，如槐树：“本草有槐实。生河南平泽，今处处有之。其本有极高大者。《尔雅》云：槐有数种，叶大而黑者为櫰槐；昼合夜开者为守宫槐；叶细而青绿者但谓之槐。其功用不言有别。开黄花，结实似豆角状。味苦酸咸，性寒，无毒。景天为之使。”槐树如今分布之广自不待言，《救荒本草》归之为花及叶皆可食者，“采嫩芽，煠熟，换水浸，淘洗去苦味，油盐调食；或采槐花，炒熟食之”。

我未吃过槐树芽，花倒是时常吃的，不过其目的已然两样，非为饥饿，只是玩罢了。春日，植物萌芽披绿，槐树自然不例外，它的好处是叶子绿后不久，即开出花来，多为浅黄色，略带绿，空气中弥漫着一股气味，嗅起来甜丝丝，甜本为味觉，转化为嗅觉，亦是有趣。槐树确有高大的，然而我的视野所及处，身高适中者占了多数，于是，伸手从枝条上捋下槐花，就轻而易举了。槐花绽放开是美的，簇状，叶片呈卷曲的舒展，多为五片，小巧可爱。将槐花直接放入口中，生啖之，不知算不算食花者，不过口感是好的，有些脆，香且甜，吃着玩，挺有意思。若《救荒本草》中所言的吃法，也是知道的，却并未实践过，毕竟未经饥饿年代，不太想起来如此充饥。除去生啖与炒熟，另有一种食用的方式，即将槐花晾干，之后碾碎，可加入小麦粉或玉米粉等，做成面食。

另选一木本，可说榆树，此与槐树于疗饥一面，略有同，亦有异。《救荒本草》云：“其木高大，春时未生叶；其枝条间先生榆荚，形状似钱而薄小，色白，俗呼为榆钱；后方生叶，似山茱萸叶而长，尖削，润泽。”榆树、槐树的嫩叶都是可以吃的，且吃法相似，如处理普通菜蔬般；而榆钱、槐花均可生啖，也能熟吃，唯榆钱适应面稍宽，还可做汤，也可与肉炒。薛宝辰《素食说略》卷二“榆荚”条云：“嫩榆钱，拣去葩蒂，以酱油、料酒焆汤，颇有清味。有和面蒸作糕饵或麦饭者，亦佳。秦人以菜蔬和干面加油、盐拌匀蒸食，名曰麦饭。香油须多加，不然，不腴美也。麦饭以朱藤花、楮穗、邪蒿、因陈、同蒿、嫩苜蓿、嫩香苜蓿为最上，余可作麦饭者亦多，均不及此数种也。”另一吃法，如刘侗《帝京景物略》所言：“是月榆初钱，面和糖蒸食之，曰榆钱糕。”

榆树之皮乃一名物，《救荒本草》言其妙用：“榆皮刮去其上干燥皴涩者，取中间软嫩皮，剁碎，晒干，炒焙极干，捣磨为面，拌糠干草末，蒸食；取其滑泽易食。又云，榆皮与檀皮为末，服之令人不饥；根皮亦可捣磨为面食。”我没将榆树皮当过食物，却也见识过剥落的

榆皮，内面确实光滑细腻，所谓“润泽”也，饿极了，真到了啃树皮的那步田地，显然还是要优先榆树的。

而此物也有转化为“名吃”的可能，王敦煌在《吃主儿二编》里曾提及：“以前的粮店还卖过这东西（榆皮面）哪，卖的价儿虽比不上白面，但比玉米面贵多了。应名儿它是种野物儿，却是北京的名吃。这东西怎么吃呢，是用来蒸馒头吗，真要这么做可就麻烦了，根本不能这么吃。而是把它掺在白面里，擀面条儿吃，掺可是掺，不能掺多了，少许即可，倘若按百分比，至多不能超过百分之五。掺上榆皮面的白面，擀出面条来利落，不爱粘连，煮出来吃着筋道、滑溜，是老北京人在讲儿的一种美味。”虽有如此的“在讲儿”，但我总觉得这只是某种意外的转化，抛不开饥饿的源头，所以亦改变不了榆树皮未免有些惨状的影子。后翻阅《本草图经》，“榆皮”条云：“榆皮，荒岁农人食之，以当粮不损人。”《花镜》花木类考“榆”条亦曰：“岁荒，其皮磨为粉可食，亦可和香末作糊。”

自美食迤逦至饥食，或有些扫兴，但却是真实存在过的历史之本然，略作记述，存真而已。只是希望某些本草之为食物，以后只起点缀的用途，再也不必作为填腹主食了。

附记：

宋庄季裕《鸡肋编》，有一则记皂荚，曰："浙中少皂荚，澡面、浣衣，皆用肥珠子。木亦高大，叶如槐而细，生角长者不过三数寸，子圆黑肥大，肉亦厚，膏润于皂荚，故一名肥皂，人皆蒸熟暴干乃收。京师取皂荚子仁煮过，以糖水浸食，谓之'水晶皂儿'。车驾在越，北人以取肥珠子为之。食者多苦腰痛，当是其性寒故也。本草不载，竟不知为何木。或云以沐头则退发。而南方妇人竟岁才一沐，止用灰汁而已。"此处的京师指汴京，其地吃糖浸皂角仁自然是为了吃得"俏"，这个做法与汪曾祺在云南吃的近似，亦即是说，早在宋时已然这样食用。

宋孟元老《东京梦华录》卷之二"州桥夜市"："出朱雀门，直至龙津桥。自州桥南去，当街水饭、熬肉、干脯……冰糖冰雪冷元子、水晶皂儿、生淹水木瓜……”

唐段成式《酉阳杂俎》前集卷十八记“波斯皂荚”:“波斯皂荚，出波斯国，呼为忽野檐默，拂林呼为阿梨去伐。树长三四丈，围四五尺，叶似枸橼而短小，经寒不凋，不花而实。其荚长二尺，中有隔，隔内各有一子，大如指头，赤色至坚硬，中黑如墨，甜如饴，可啖，亦入药用。”这种皂角仁也是可以吃的,且不用糖水浸,已然“甜如饴”。

清曹庭栋《老老恒言》卷五有“榆皮粥”:“《备急方》治身体暴肿，同米煮食，小便利立愈。按:兼利关节，疗邪热,治不眠。初生荚仁作糜食尤易睡。嵇康《养生论》谓:榆令人瞑也。捣皮为末，可和菜菹食。”

法国拉伯雷《巨人传》第一部第一章，讲一座古铜的大坟墓里发现高康大的家谱:“全部是古罗马抄本的花体字，而且不是写在纸上，也不是写在羊皮或蜡块上，而是写在榆树皮上。只是年代太久了，简直没法接连看出三个字来。”此处榆树皮并未拿来吃，而是记录巨人高康大的古老家谱，算得光荣的用途了。

染色饭食

头回吃乌米饭，是新奇的。一碗饭端来，只见颗颗米粒乌黑发亮，饱满支棱，却又合成一体，大大的饭团，样子是有趣的。其上撒白砂糖，以勺取之，放入口中，米之糯，糖之甜，在口腔内交合，初尝者是要细细咂摸的。未事先了解乌米饭者，或会误认为紫米，其实，这不过是糯米罢了，其特异之处在于加入乌饭叶汁水，方变为乌黑颜色。唐陈藏器《本草拾遗》说起制法：

“取南烛茎叶捣碎，渍汁浸粳米，九浸九蒸九曝，米粒紧小，黑如莹珠，袋盛可以适远方也。”

宋梁克家《淳熙三山志》中也有记载：

“南烛木冬夏常青，取其叶，捣碎，渍米为饭，染成绀青之色，日进一合，可以延年。”

南烛，即乌饭树，又名当梨、乌桐子、染菽、米饭树、捻子等，是一种常绿灌木或小乔木，叶呈椭圆形或菱形椭圆形，乌米饭便是用此叶为材料制成。这种食物在南方诸多省份皆有，若置于北地，人多不识，当为罕物。

青精饭，是旧时对乌米饭的叫法，如宋吴曾《能改斋漫录》“青精饭”条云：“《神仙 · 王褒传》：‘太极真人以太极青精饭上仙灵文授之，可按而合服。褒按方合炼，服之五年，色如少女。’杜诗：‘岂无青精饭，使我颜色好’是也。”宋苏颂《本草图经》“南烛”条：“《上元宝经》曰：子服草木之王，气与神通；子食青烛之津，命不复陨。此之谓也。今茅山道士亦作此饭，或以寄远。”明杨慎《升庵外集》亦记青精饭：“杜诗：‘岂无青精饭，使我颜色好。’青精，一名‘南天烛’，又曰‘墨饭草’，以其可染黑饭也。道家谓之‘青精饭’。故《仙经》云：‘服草木之正气，与神通；食青烛之精命，不复陨。’谓此也。”全然神化之。而宋林洪《山家清供》又记有一种“青精石饭”：“仙方又有青精石饭。世未知‘石’为何也。按《本草》：用青石脂三斤，青粱米一斗，水浸三日，捣为丸，如李大，白汤送服一、二丸，可不饥。是知石脂也。”更是已入仙道，远离凡尘矣。

乌米饭的变体，也不止乌黑一色，而是增至黑、白、红、黄、紫五色。这是壮家的五色糯米饭，制法与乌米饭差似之，所取材料为紫蕃藤、黄花、枫叶、红丝线等。其他植物都算常见，唯红丝线可一说。红丝线是茄科红丝线属植物，别名野灯笼花、衫钮子、十萼茄、血见愁、野花毛辣角，茎叶熬煮后汁水为深红色，恰可为食物染色。清代有一册广西的县志类书籍，名《武缘县图经》，中有云：“三月三日，取枫叶泡汁染饭为黑色，即青精饭也。”这表明，或记录者有所疏漏，或直到那时糯米染色仅限于黑色，尚未发展成五彩缤纷的式样。而五色糯米饭，真是体现了日常生活的审美，在饭食之细微处渗透出美的表达。舍不得吃自不必，而爽口且赏目定然无疑。

青精饭的叫法，从《武缘县图经》可看出，此称谓清末尚在流通。而如今颇有名气的一种食物——青团，据说亦根源于青精饭，明郎瑛《七修类稿》中谈及：

"古人寒食采桐杨叶染饭青色以祭，资阳气，今变而为青白团子，乃此义耳。"

他说的是从青精饭到青白团子的演化，所取染色材料乃桐杨叶。而更早的南朝宗懔《荆楚岁时记》中说："三月三日，士民并出江渚池沼间，为流杯曲水之饮。……是日，取鼠麴汁蜜和粉，谓之'龙舌絆'，以厌时气。""龙舌絆"据说是青团的另一种起源（或雏形）。

宗懔、郎瑛各执一说，让人难以判断何者更为准确，那就暂且并存罢。至于染色所用植物，郎瑛所言较为含糊，因桐杨叶之用是对于青精饭而言，后来的"青白团子"具体采取何种并未明说；宗懔讲得清楚，是鼠麴菜，也即鼠麴草，这是现在仍在用的，源远流传，可谓长久不衰。

清袁枚《随园食单》言道："青糕、青团：捣青草为汁，和粉作粉团，色如碧玉。"仅仅说青草汁，却不说是哪一个，令人颇有憾意，不过此处重要在于"青团"一词之首次出现。虽郎瑛已有"青白团子"之谓，而缩为二字却首为这位随园主人。

福

如今的青团，用来染色的大致有艾草、鼠麴草、青麦苗等，艾草的名气最大，以至青团有时可称为艾团。清吴仪洛《本草从新》中有云：“艾叶苦辛，生温，熟热，纯阳之性，能回垂绝之元阳，通十二经，走三阴，理气血，逐寒湿，暖子宫……以之灸火，能透诸经而除百病。”不仅可吃，还可外炙，是大有益之草。而鼠麴草，《酉阳杂俎》草篇说其别名：“蚍蜉酒草，一曰鼠耳，象形也，亦曰无心草。”很是有趣，它不仅早有《荆楚岁时记》这样的美好民俗记载，在日本，更具有象征意味，和歌“春之七草”曰：

“芹，荠，鼠麴草，繁缕，鸡肠草，菘，萝卜，是为七草。”

而对于七草的解释，鲁迅在《桃色的云》译者附记《记剧中人物的译名》中说得详尽：

“七草在日本有两样，是春天的和秋天的。春的七草为芹，荠，鼠麴草，繁缕，鸡肠草，菘，萝卜，都可食。秋的七草本于《万叶集》的歌辞，是胡枝子，芒茅，葛，瞿麦，女郎花，兰草，朝颜，近来或换以桔梗，则全都是赏玩的植物了。他们旧时用春的七草来煮粥，以为喝了可避病，惟这时有几个用别名：鼠麴草称为御行，鸡肠草称为佛座，萝卜称为清白。”

这样看来，鼠麴草在异域的地位只怕要超过中土一筹，或许在青团中的角色也就不甘于屈居艾草之下了。

炙

吃烤羊肉串最遥远的一次，是在德令哈。高原小城的夜市，红火极了，摊位林立，灯火荧荧，食客熙来攘往，择其中意的美味，坐而食之。有一羊肉串摊，生意之好，难免让同行艳羡行人驻足，小板凳已坐满，还有许多站着的，颇有独沽此味的架势。此摊的羊肉串用尖头铁扦子穿起，肉块小，嫩而腴，置于火上，适时翻面，油刷子均匀刷之，孜然、辣椒粉及时撒上，待得羊肉表面有油星泡泡绽出，火候恰好，即盛盘奉上，食客以啤酒配之，一快朵颐。摊主操作手法之熟练，有手挥五弦目送飞鸿之概（当然这只是旁观者的审美眼光，或许人家有着烟熏火燎之苦）。

我本是抱着百串的标的而来，但现场坐镇，仅至三十余，就吃不动了，真是眼大肚小，过于高估自己。还是要赞赏这些串儿的滋味好极，择选的羊肉上佳（应该和地域相关），配料调试匀整，且肉串较小，易入味。既然小，价格也就便宜，几角钱而已。

吃上串儿的可记，没吃上的也不妨一记。那是在一个古镇——蜀中黄龙溪，风景殊胜，小吃纷呈。走了一道街，见一铺在卖羊肉串，这倒无甚奇，不过是火架、油刷、调料罐、串好的羊肉块儿罢了；再细看一侧，乃大惊：原来有一铁钩，倒吊一全羊，下半身剥净，裸露，上半身及羊头皮毛俱在，宛然一黑羊，双目圆睁，炯炯有神。

这活生生的招牌，在熟知的人算不得什么，我初见，骇矣。

哪里还有品尝羊肉串的心情，疾走之。

羊肉串曰烤，习以为常，不过自无疑处有疑，亦未尝不可。读汪曾祺记齐白石写的一块匾“清真烤肉宛”，后有两行小注：“诸书无烤字，应人所请自我作古。”汪很认真，专门去查证：“我曾写信问过语言文字学家朱德熙，是不是古代没有‘烤’字，德熙复信说古代字书上确实没有这个字。看来‘烤’字是近代人造出来的字了。”

更古的字是“炙”。《说文》释“炙”：“炙，炮肉也。从肉，在火上。”《诗·小雅·瓠叶》曰：“有兔斯首，燔之炙之。君子有酒，酌言酢之。”《颜氏家训》有云：“火傍作庶为炙字，凡傅于火曰燔，母之而加于火曰炙，裹而烧者曰炮。柔者炙之，乾者燔之。”《颜氏家训》将其分得如此之细致，可见古汉语之成熟及古代社会生活于炙肉需求之盛。这些叫法，其实均大致为现今“烤”的意思，但其时并无此字。许嘉璐《中国古代衣食住行》里说：“炙的具体做法也有多种，单据《释名》所列，就有脯炙、釜炙、脂炙、貊炙、脍炙等。”如此繁多的法子，今多不存矣。《齐民要术》说过一种“腩炙”：“牛羊獐鹿皆得，方寸脔，切葱白研令碎，和盐豉汁，仅令相淹，少时便炙。”这已然接近于后来的烤串，不过尚未以扦子穿之。

至于“烤”字何时出现并用于食物制法上，读清潘荣陛《帝京岁时纪胜》时倒发现了一则材料，乃“彩兔”

条:“京师以黄沙土作白玉兔，饰以五彩妆颜，千奇百状，集聚天街月下，市而易之。灯火荧辉，游人络绎，焦包炉炙，浑酒鏀筛，烤羊肉，热烧刀，此又为游人之酌具也。”这可能是较早出现的用法，且有意味的是，“炙”和“烤”同时在一句话里，似无意中暗示着后者将渐渐取代前者流行在大众口语中。而这样看来，白石老人所写小注“诸书无烤字，应人所请自我作古”，可能未必确切（如朱德熙所言古代字书无此字，或更适合些），因《帝京岁时纪胜》刊行于乾隆二十三年，距明末已超过百五十年了（查阅资料，又看到在《醒世姻缘传》《红楼梦》《光绪顺天府志·食货志》中均出现“烤”字）。

明刘若愚《酌中志》火集“饮食好尚”一月条记：“凡遇雪，则暖室赏梅，吃炙羊肉、羊肉包、浑酒、牛乳、乳皮，乳窝卷蒸用之。先帝最喜用炙蛤蜊、炒鲜虾、田鸡腿及笋鸡脯，又海参、鳆鱼、鲨鱼筋、肥鸡、猪蹄筋共烩一处，名曰‘三事’，恒喜用焉。”十一月条又记：“此月糟腌猪蹄尾、鹅肫掌。吃炙羊肉、羊肉包、扁食馄饨，以为阳生之义。冬笋到，不惜重价买之。”刘若愚写《酌中志》，离大明完结已没多少年，尚在用“炙羊肉”“炙蛤蜊”的说法，而数十年后出的书中已有“烤羊肉”的字眼，或可大致看出“烤”字取而代之的时段。

关于烤肉用的器具，汪曾祺介绍过一种“炙子”：“‘炙子’是一根一根铁条钉成的圆板，下面烧着大块的劈柴，松木或果木。”夏仁虎《旧京琐记》中有云：“饮食以羊为主，豕佐之，鱼又次焉。八九月间正阳楼之烤羊肉，都人恒重视之，炽炭于盆，以铁丝罩覆之，切肉至薄，蘸醯酱而炙于火，其馨四溢。食肉亦有姿式，一足立地，一足踞小木几，持箸燎肉，傍列酒尊，且炙且啖且饮。”铁丝罩仅为泛称，而张恨水在《两都赋》中提及一种类似的，有了确切的称呼：

“一个高可三尺的圆炉灶，上面罩着一个铁棍罩子，北方人叫着甑（读如赠），将二三尺长的松树柴，塞到甑底下去烧。”

甑，本是古代的一种蒸食用具，如《论衡》中说的：“颜渊炊饭，尘落甑中，欲置之则不清，投地则弃饭，掇而食之。”张恨水所言之甑，用作烤炙，自然是甑的活用。

不过勿管炙子还是甑，都是相类的一种东西罢了，虽然我更喜欢炙子的叫法。

自家用炙子，擦拭干净，架在铜盆上，中用炭，燃着，不多久通红，即可置放备好的食物了。肉类有牛肉片、羊肉片、乌鸡块、鱼、午餐肉，素菜有豆腐干、土豆片、宽粉、青菜、馍片等。长筷夹至炙子上，均匀铺好，肉片在火力烘烤下，慢慢失去红色，稍稍卷曲，油汁吱吱冒出，以油刷刷之，虽非火上浇油，亦腾起一缕青烟，肉香弥散而出，漾于室外的空气中，或会逗引着行人的味蕾。熟后的肉片，夹出蘸些椒盐或别的调料汁，放入口中，那股焦香大妙，拿起啤酒喝一口，冷热交混，舒爽之极。且烤且吃，与在街头拿过他人制好的烤食，滋味自是不同。炖乌鸡块固然好吃，而炙子上烤的，却也别有风味；至于鱼，清蒸红烧的做法，与烤炙相比，区别之大自不待言。各种肉食佐以素烤，算得上文武之道，张弛有间。

这种吃法，也不是无缺点的，就是易远超自己的食量。在烟火旁微醺，待醒悟过来时，已然行动不便了。

韩式烤肉，烤炙方法差不多，不过人家应该不叫炙子，虽说样子有的大同小异，有的乃为铁板。材料可是牛肉，或是五花肉，也可是鱼肉、海鲜等。吃法上，喜将肉裹在生菜叶或苏子叶里，抹上辣酱食用。这样的讲究，是每吃一片都清新一下口腔，使得下一口仍如新尝，可谓智慧。旁有许多小碟，多为泡菜、辣萝卜、葱花等，固不论矣。

炙肉（烤肉）这种食物，源头与先民的生活相关，自然溢满野气，或大块吃肉或零撕碎割，都有着一种彪悍之气。等到它温顺地登堂入室后，其意趣也就变了调子，所剩无几了。

附记：

清顾仲《养小录》卷下有“炙鱼”：“鲞鱼新出水者治净，炭火炙，十分干收藏。”《养小录》成书年代约在康熙三十七年。

清梁章钜《归田琐记》载：“都城风俗，亲戚寿日，必以烤鸭烧豚相馈遗。宗伯每生日，馈者颇多。是日但烧鸭切方块，置大盘中，宴坐，以手攫咬，为之一快。”梁章钜为嘉庆道光时人。

同治年间无名氏著《筵款丰馐依样调鼎新录》全羊类有“烤羊肉”条：“用瘦肉二三片，大块，用冷水淋过吊起、扎紧串片，合酱油，上铁丝上烤吃。”

马南邨（邓拓）《燕山夜话》有《“烤”字考》：“最初显然没有烤字，而只有熇字，这是可以肯定的。那末，后来为什么变成烤字呢？看来这大概因为熇字是‘苦浩切，音考’，日久天长，人们为了便于记忆，索性把它改为从火从考。从火则表示以火烘热；从考表示它的读音。这是很合理的一个改变，它符合于我国文字推演和发展的一般规律。”文中且详引朱德熙回复汪曾祺信函：“烤字说文所无。广韵、集韵并有燺字，苦浩切，音考，注云：火干。集韵或省作熇，当即烤字。燺又见龙龛手鉴，苦老反，火干也。”且烤字连《康熙字典》也没有。《康熙字典》是康熙五十五年成书的，无“烤”字，待得乾隆年间《帝京岁时纪胜》方出现，就时间而言倒是可接上榫（当然这只是材料未全然知悉的一种推测）。

郑骞《永嘉室杂文》中，有一篇《读梁实秋撰〈读中国吃〉》，中引梁文："前院放着四个烤肉炙子。……台湾也有所谓蒙古烤肉，铁炙子倒是满大的。"郑笺有云："炙子，有些人写作'支子'，取支架之意，不算错，写作炙子也不算错。……不过，勿论写作炙或支，都要念平声，炙字本来是入声，现在国语念去声，支字则从古到今都是平声。就字义而言，两个字都讲得通；就字音而言，写作炙就要改变普通念法，遇到不深通北平话的人，念成'至子'，听着就怪别拗的。"

川食漫录

伤心凉粉

名字起得好的小吃食，洛带小镇的伤心凉粉算是一个。

洛带是客家人在川聚居的地儿，是数百年前湖广填四川——强制迁徙的果实。如此，凉粉取名伤心，倒是顺理成章，这样的解释，较之食此物被辣得眼泪汪汪似为伤心要有意味太多。

凉着吃的粉或皮类，就口感而言，我印象深刻的有三种，酿皮、蕨根粉，再有即伤心凉粉。我吃的乃豌豆制成，入口软糯，齿尖陷进粉内，有柔感，不易脆断。粉本身无味，全靠调料，料多得繁琐，而此中领头者自然是红辣椒油，一勺浇上去，层林尽染，满碗皆红，不嗜辣的或会倒吸口凉气，不过这恰投我所好，否则何必专程来尝?

确极辣，但我尚未伤心，看来是抗辣能力提高不少，颇有些草船内摇羽扇诸葛孔明的自在劲儿。

店堂内，宽木凳，方红桌，配此粉极佳。

猪鼻

仍是在洛带镇,沿着街边走,随赏随吃。忽见一店铺，台子上摆着一列猪鼻子，一根竹签穿着一个——完整的猪鼻。色泽为酱色，显为酱制。

猪肉、猪头肉吃过不少，但熟吃且面对整个猪鼻的经历却未曾有。或许，以往买切好的猪头肉，里面不免有辨认不出的片状猪鼻，早吃下肚亦未可知。不过零吃归零吃，大个的猪鼻子放在眼前另当别论。

又陆续见了几家这样卖竹签穿猪鼻的店，当知此道不孤矣。鼻有大有小，竹签穿之却是一律，显然是待食客一手付钱，一手举而食之。

到底也未有勇气尝试一下，须知，那是要鼻子对鼻子的。

麻辣兔头

兔头的做法不止麻辣，还有五香等。我独取麻辣一味。

吃动物的头部，总是有些心理障碍要克服。大约面对鱼头最易，鸡头、鸭头次之，若是囫囵猪头，多半得吓个倒仰。而兔头，一言难尽，若不是贪吃到某种层级，不会想到将其加工成美食的。只能说，成都这个地方，麻辣兔头不出其间，又当何处?

馋鬼太多。

兔头的优胜处，是大小与结构。鸡头、鸭头、鱼头，固然味道不错，可吃，终究有些小，三下两下就没了，且相对而言脑部结构简单些，经不起太多梳理；又如猪头，遍处是宝，却体量庞大，没有谁抱着整个啃的。而兔头，可想而知，尺寸一握间，且内部耐得住“琢磨”。尤其适宜下酒，饮者都知，下酒物一怕太平淡，二怕太肥厚，三怕太易得，而麻辣兔头，尽数避开，莫管独酌或对饮，一只在手，足以消耗半晌也。

如何细细吃兔头，有些惊悚，不说也罢。

肥肠粉和锅魁

这两样食物并置一处别无用意，只是一起吃而已。

选的是牛肉锅魁，麻辣味道。金黄色，脆而酥，却不松散，韧劲儿耐嚼，掺牛肉粒，益彰口感。辣而麻，增色许多。

此锅魁全名为军屯锅魁，与他处锅盔属同一大类。而别种锅盔多为烘烤制成，军屯锅魁在入烘炉之前，是要在煎锅里煎的，辅料除各类香料外，猪生板油也不可少，这对形成其香酥脆之特色至为重要。

吃下如此干的锅魁，及时端上的肥肠粉恰可调剂。粉的滑腻，辅以肥肠之柔腻，扫却面饼的干燥，红油飘散，艳艳不可方物。碗内有炒黄豆、榨菜末、霉干菜等，适当解些荤气。

汤用猪骨、肥肠熬，香美。

吃火锅的女人

在一火锅店，等吃火锅。

见隔桌一席，一圈人，挥筷如林，大快朵颐。其他人都坐着吃，独有两女人，站着，兀自夹肉夹菜开涮。

为何要站着？原来，背上都有小娃娃，不便坐下。用特制的布兜子束在背上，挺稳当，不妨碍妈妈们做美食之探究。

两个娃娃，一岁多的样子，一个打瞌睡，另一个眼睛滴溜溜，左顾右盼。

辑 三

采薇

川岛在《和鲁迅相处的日子》中，回忆自己初到厦门时，先生做了一道干贝清炖火腿请大家吃，并说："干贝要小粒圆的才糯。炖火腿的汤，撇去浮油，功用和鱼肝油相仿。"他有些感慨：

"收拾火腿是不容易的，鲁迅先生既能收拾，又能选佐料，还知道它的功用，炖的火候也恰到好处，在我看来都是难上加难的。后来在一九三五年底写的那一篇《采薇》（《故事新编》）中，伯夷叔齐把薇菜做成烤薇菜、薇汤、薇羹、薇酱、清炖薇、原汤焖薇芽、生晒嫩薇叶……虽只是因为山上买不到酱油，做不出红烧、红焖、红炖的薇菜来，但花式也够多的了，可见鲁迅先生对此道也有研究，无怪他批评'厦门人似乎不能做菜也'。"

这个回忆很有趣，我们实不知道鲁迅会做干贝清炖火腿，当事人川岛不仅可快朵颐，而且联想起《采薇》中伯夷叔齐对薇菜的各样做法，思路别具一格。这些虽为鲁迅原本所写，但川岛于现实之联想，仍是独特的，因他是亲历者，无可取代。

由此，对薇发生兴趣是自然而然的了。薇的名气，自不待言，从《诗经》中的“采薇采薇，薇亦作止。曰归曰归，岁亦莫止”，到太史公为伯夷叔齐立传，薇几乎成为一种古老的文化记忆，直至现今。关于其吃法，还可看看他种，翻王磐《野菜谱》，记“野菉豆”（即野豌豆，《诗经》中的薇）：“茎叶似菉豆而小，生野田，多藤蔓，生熟皆可食。”其后有韵语：

“野菉豆非耕耨，不种而生，不其而秀；摘之无穷，食之无臭；百谷不登，尔何独茂。”

朱橚《救荒本草》，记野豌豆：

“生田野中。苗初就地拖秧而生，后分生茎义；苗长二尺余；叶似胡豆叶稍大，又似苜蓿叶亦大；开淡粉紫花；结角似家豌豆角，但秕小。味苦。”

后又云做法：“采角煮食；或收取豆煮食；或磨面，制造、食用与家豆同。”

可看出一些分别，《故事新编》中的伯夷叔齐“烤薇菜、薇汤、薇羹、薇酱、清炖薇、原汤焖薇芽、生晒嫩薇叶”，显是在吃薇的茎叶，《野菜谱》之“多藤蔓，生熟皆可食”，指的亦为茎叶，而《救荒本草》，显然在吃豆荚中的豆。

关于野豌豆，我曾在初春时节相隔不到一周的时间，分别在南京和北京的路边或公园见过。一个长约二尺，叶大花艳；另一约为数寸，瘦骨伶仃。形态差别，是因地域与气候，但均生有豆荚。

野豌豆为羽状复叶，两两成对排列整齐，结于蜿蜒曲折的茎上。每一“枝”之叶片数目并不等同，多半逾十片，样子美观。花多为红色或紫色，小小的，虽不太起眼儿，但春天的初始，草丛中开出这样一些小花来，仍是可喜的。

经友人提醒，且亲眼见野豌豆，亦拈其叶片观察过，此种薇菜能否烤、炖、焖、晒，似是有疑问的。而事实上，薇这一古老名称下，存在两种草本植物，一是豆科野豌豆属，另一是紫萁科的紫萁，即蕨菜。吴其濬《植物名实图考》之“蕨”条有云：

“而孤竹之墟所产尤肥，以蕨绝音同，更曰吉祥。伏腊燕享，转以佳名。登翠釜，不复忆夷齐食之而夭矣。至其灰可以烧瓷粉，可以浆丝，民间习用而纪载阙如。”

孤竹国乃伯夷叔齐的故国，吴其濬说得清楚，二贤人食的是蕨，即薇。(有《采薇歌》:“登彼西山兮，采其薇矣。以暴易暴兮，不知其非矣。神农虞夏忽焉没兮，我安适归矣？于嗟徂兮，命之衰兮。”）正因是蕨，所以可以“烤薇菜、薇汤、薇羹、薇酱、清炖薇、原汤焖薇芽、生晒嫩薇叶”，且川岛又说“红烧、红焖、红炖的薇菜”，而若为野豌豆，怕是没这么多吃法的。

不过，据《本草纲目》“薇”条，“集解”云:“藏器曰:薇生水旁，叶似萍，蒸食利人。《三秦记》云:夷齐食之三年，颜多不异。武王诫之，不食而死。”条目末，时珍自己说：

“薇生麦田中，原泽亦有，故《诗》云:‘山有蕨、薇’，

非水草也。即今野豌豆，蜀人谓之巢菜。蔓生，茎叶气味皆似豌豆，其藿作蔬、入羹皆宜。《诗》云：采薇采薇，薇亦柔止。《礼记》云：豕以薇。皆此物也。《诗疏》以为迷蕨，郑氏《通志》以为金樱芽，皆谬矣。项氏云：巢菜有大、小二种：大者即薇，乃野豌豆之不实者，小者即苏东坡所谓元修菜也。此说得之。”

迷蕨者，紫萁的另一别称，时珍说“谬矣”，即不认为是薇。吴其濬的看法与此是相异的，而其濬在时珍后，自然是未认可时珍的考证。

宋庄季裕《鸡肋编》中，谈春兰：“后至衢州开化县，山间多春兰。而医僧允济谓兰根即白薇也。按白薇一名白幕，又名薇草。本草乃云：生平原川谷。陶隐居谓近道处处有之。又与兰小异，然药肆皆收货为白薇，未知是否？夷齐采食，岂谓是邪？味虽苦咸，大寒，而无毒也。”白薇与野豌豆、蕨分属不同的科，立论迥异，而庄季裕以疑问的语气说出，或自己亦未能确定。

还有一种新说，是流沙河在《薇菜不是蕨菜》一文中提出的。他认为薇不是蕨：“《尔雅》说薇即蕨，致误原因可能是《采薇歌》'采其薇矣'古时或作'采厥薇矣'(其厥互可通用),厥字又误添了草头作蕨,原句遂成'采蕨薇矣',乃至混同一物。"亦怀疑薇菜是野豌豆:"《说文解字》段玉裁注,他说就是蜀中的豌豆尖。此说可疑,因为首阳山采薇时,豌豆尚未传入中国。野豌豆是后代俗名,古只名薇,野生山中。"流沙河有一推测:"蜀中野菜多,有叫作灰灰菜的,我猜想灰乃薇之误写,可能就是薇菜。也是段玉裁说,清代北京官园种薇,供宗庙祭祀用,他必定见过吧。"灰灰菜古称藜,似未见有人说它是薇菜,流沙河此说,可供一存。

尽管薇之归属仍有些扑朔迷离,但不管怎样,有些疑团亦无伤大体。且让我们再一睹豆科的薇在日本的记录,乃柳宗民《杂草记》的"乌野豌豆"条:

"小巧的紫红色豌豆花凋谢后会生出并排的几条豌豆荚,豌豆荚成熟后变成纯黑色,这也是叫它'乌野豌豆'的原因。它的豆荚十分坚硬,尤其是前端,采摘技术不好的话还会被刺痛手指。据说豆子可以炒来吃,但我没有尝试过。"

此位日本园艺家未尝试过吃野豌豆的果实，但明宗室朱橚汇集门客编写《救荒本草》一书，对其怎样煮食或磨面记载如此详尽，显然是有着元末兵连祸结的饥饿痛感，而感同身受者，无非草民而已。

附记：

清梁章钜《浪迹丛谈》“蕨菜”条云：“陶云汀先生最喜食蕨菜，或云其干者，即吉祥菜。余亦喜食之。忆与同官吴门时，每饭必具，而烹制尚未得其法。《随园食单》谓用蕨菜不可爱惜，须尽去其枝叶，单取直根，洗净煨烂，再用鸡肉汤，或煨或炒，自有风味。按《食物本草》云：‘此味甘滑，令人消阳道，眼昏腹胀，非良物也。’陶公嗜此，未必不受此累。又此物不可生食。《搜神记》载郗鉴镇丹徒，二月出猎，有甲士折一枝食之，觉心中淡淡，成疾后，吐出一小蛇，悬屋前，渐干成蕨。此生食之患，不可不知。”《搜神记》的故事怪力乱神，有要致蕨菜于死地的意思。而《食物本草》“令人消阳道，眼昏腹胀”的说法，让人担忧伯夷叔齐所食薇菜真是蕨的话，那首阳山难以久居矣。

日本青木正儿《中华名物考》中，有一篇《“薇”非“紫萁”》。题目即表明，他认为蕨菜并非薇：“这种错误的根源似乎出于上述《召南·草虫》的朱熹《诗集传》的注。其注云：‘薇似蕨而差大，有芒而味苦。山间人食之，迷之谓蕨。’”其后引证陆玑《毛诗草木鸟兽虫鱼疏》、方以智《通雅》等书中的材料，合于李时珍的判断。其实这些记载我在他人文章里也见过，并不稀奇，但青木正儿又论述薇之争议在日本江户时代以降的情状，却是我感兴趣的：承继朱熹所说的，有贝原益轩《大和本草》、小野兰山《本草纲目启蒙》；认同李时珍的，有寺岛良安《和汉三才图会》。他的结论是：“我们还是应该承认薇是野生的豆，其嫩叶可供食用。”巧的是，流沙河也读了这本《中华名物考》，又一次在文章写薇，“近读青木正儿著《中华名物考》，颇感吃惊”，他部分改变了在先前《薇菜不是蕨菜》中认为薇非野豌豆的看法：“由《诗经》再上溯，‘不食周粟’的伯夷和叔齐逃入首阳山赖以维生者，可能正是小巢菜，不过也有可能是野豌豆，即所谓大巢菜。”

饮食的曲径

唐人孟诜、张鼎的《食疗本草》，元人贾铭的《饮食须知》，是两部和饮食、身体、动植物息息相连的书，在经验认知与材料梳理一面，颇有佳处。不过，距离成书数百年乃至千余年后，其间某些关于食物的奇谭怪想，倒也是时时出人意表，于今而言，算是聊以一窥的曲径罢。

如莲子，“若雁腹中者，空腹服之七枚，身轻，能登高涉远”，“诸飞鸟及猿猴，藏之于石室之内，其猿、鸟死后，经数百年者，取得之服，永世不老也”。若要身轻，为何定数目为七枚，难不成六或八均不可？道家尚三、九等数，七大约也是有其道理吧。永世不老的莲子，设定的关卡更是繁复，须鸟儿或猿猴来藏匿，且地点为石室，时间点为数百年后，实在是汗漫无归，试想，即使找到了放置已达数百年的莲子，如何能恰好是在石室内？即便是在这么一个处所，又如何能判断其为上述两种禽兽所遗留，难乎难哉，成仙大不易。有意思的是，后来在谈鸡头子即芡实的时候，又拉来莲子作陪："补中焦，益精，强志意，耳目聪明。作粉食之，甚好。此是长生之药。与莲实同食，令小儿不能长大，故知长服当亦驻年。"实有些吓人，两种普通不过的食物并吃，会使得稚童发育停滞，若不得见，岂不要铸成大错，而证之长生之药却是绰绰有余矣。

孟诜张鼎师徒二人，不仅于觅道成仙有执念，对鬼狐亦有独特办法。狐狸的肠肚可做汤，给被狐魅的人喝，效果大佳，那何为狐魅？"其狐魅状候：或叉手有礼见人，或于静处独语，或裸形见人，或只揖无度，或多语，或紧合口，叉手坐，礼度过，常尿屎乱放，此之谓也。"这其中许多症状，或为裸恋，或为抑郁，或干脆就是精神分裂，统统归之于狐魅，万宗归一，倒也省事。至于喝狐狸肠肚汤好不好暂置下不说，吃不坏人却多半可以肯定。而狐狸肉,可治“女子阴痒绝产,小儿阴溃卵肿”,以及“五藏邪气”,大约只能姑妄听之了。

苋菜与甲鱼,除相克的说法外,另有相逢之日。于此,《饮食须知》与《食疗本草》的记载几乎一致,只有几字差异,较其年代先后,只能说《饮食须知》抄录自《食疗本草》了。《食疗本草》云:“取鳖甲如豆片大者,以苋菜封裹之,置于土坑内,上以土盖之,一宿尽变成鳖儿也。”(《饮食须知》不过变“鳖甲”为“鳖肉”,“鳖儿”为“小鳖”,无改大意。)言之旦旦,如做过科学实验般,令人好不惊异,不过如此突变,将置生物之生命体进化于何地?甲鱼的人工养殖或可直接取消了,毕竟苋菜的成本代价微乎其微,区区若干茎叶罢了。再发散联想一下,若鳖可以,那其他甲鳞类,或非甲鳞类,是否亦可照葫芦画瓢?所谓既得陇又望蜀也,当然,或要觅寻别种菜叶子了。(其实,此说亦并非《食疗本草》与《饮食须知》的发明,早在晋张华《博物志》卷四“戏术”中即有记录:“取鳖挫令如棋子大,捣赤苋汁和合,厚以茅苞,五六月中作,投池中,经旬脔脔尽成鳖也。”

可以看出后来者的一些改造，如变“捣赤苋汁和合，厚以茅苞”为直接“以苋菜封裹之”，变“投池中”为“置于土坑内”，且变为鳖儿也由“经旬”缩减为一宿而已。）

《饮食须知》上讲，“食本生命肉，令人神魂不安”。照此说来，只有属相为龙的可全然逃脱此祸，毕竟龙肉想觅亦是不可得的。这是说笑话，若要探究其来源，倒是与“太步”（Tabu），即禁忌有关。远古时代先是有实物的“太步”，如木、石、神、鬼，慢慢又出现符号化的“太步”，如咒符、文字、数字、姓名，生肖也属此列。而由生肖又延及生肖所代表的动物，这形成了符号“太步”与实物“太步”的一种杂交，倒是极有趣的。

知堂曾在《狗抓地毯》一文中介绍弗雷泽的《金枝》关于“种植上之性的影响”：“野蛮人觉得植物的生育的手续与人类的相同，所以相信用了性行为的仪式可以促进稻麦果实的繁衍。这种实例很多，在爪哇还是如此，欧洲现在当然找不到同样的习惯了，但遗迹也还存在，如德国某地秋收的时候，割稻的男妇要同在地上打几个滚，即其一例。两性关系既有这样伟大的感应力，可以催迫动植的长养，一面也就能够妨害或阻止自然的进行，所以有些部落那时又特别厉行禁欲，以为否则将使诸果不实，百草不长。”饮食男女，人之大欲，“太步”放不过男女，自然饮食也脱不得干系，那“食本生命肉，令人神魂不安”亦即不甚稀奇了。

贾铭的《饮食须知》，对普通菜蔬多持严苛的态度，几乎无不有毒或有害，大多物种笼罩在概莫能外的阴影下。当然，也有奇异的例外，那就是胡萝卜:“味道甘辛，性微温。有益无损，宜食。”八卷涉及三百六十种食物，唯独这通体皆红的物什，未遭遇惊堂木落下的待遇，幸甚幸甚。

而命运不济的也是有的，茄子是也:“多食动风气，发痼疾及疮疥。虚寒。脾弱者勿食，患冷人尤忌。秋后食茄损目。同大蒜食，发痔漏。多食，腹痛下利。女人能伤子宫无孕。蔬中唯此无益。”口诛连连，后一断语，直截了当判处茄子大辟之刑，倒也痛快，但不知茄子和爱吃茄子的人是如何想的?

饮食之常，人所不免，众口悠悠，徐徐观之。从横向看，是一种法子，自纵向览，也有另一类乐趣。只能说，在历史的漫漫幽曲路径中，人之此一大欲经历了太多波折，及如许嬗变，且将继续演化下去。

雩娄农的议论

雩娄农者，乃清代吴其濬的自称。吴氏先祖于元末因战乱迁居河南固始县西南乡鄢店，此处古称雩娄，吴其濬慎终追远，在其著作《植物名实图考》中以“雩娄农”谦称。此称显然受《史记》“太史公曰”的影响，亦可见吴其濬于谦抑中透出的某种立言之意。《植物名实图考》中的“雩娄农曰”，约数百条，其形貌各异，颇可看出作者的学识乃至意趣来。

小麦与水稻，两种基本的粮食作物，若将吴氏对其品评的文字放在一起看，是极有趣的。在“小麦”条，他对“近世医者多以麦性躁，戒病者勿食”的说法非常不满，辩曰：“北人渡江，三日不餐面，即觉骨懈筋驰，夫岂有患热者哉？大抵谷种，皆藉热蒸而成，稻之新也，湿热尤甚，风戾而檩之，经时即平和滋益矣。”为麦子辩护，拉水稻陪绑，说人家“尤甚”，偏向之态不知不觉间露出，后又以麦和稻互比，谓“余既为麦雪谤，而并及之”，说明陪绑缘由是“为麦雪谤”，只可怜水稻何其无辜。吴氏乃中原人士，自小食面，自然对麦子受不公正待遇义愤填膺，在条目前端秉着专业精神，只能客观描述，但逢着“雩娄农曰”自抒己见，可就老实不客气了。

再看“稻”的条目，较之前述谈小麦时附带贬抑一下稻子，更是有过之而无不及。劈头就说：

“《本经》不载稻，《别录》列下品。《说文》：沛国谓糯为稻，盖糯性滞，不易消，故养生者慎食之。”

虽为征引，但引者的倾向性却是可以体味出来的。后面更是直接道出自己的观点：“虽然稻味至美，故居忧者，弗食。膏粱厌饫，则精力委茶。君子欲志气清明，固宜尚粗粝，而屏滑甘。《别录》厕稻于下品，夫亦谓所以交于神明者，非食味之道也。”因食物味美斥之，这个理由倒是十分曲折的，吴其濬已提高到“君子欲志气清明”的程度，可看出儒教徒之方正与固执了。不过，不知他对于孔子“食不厌精”的言论作何解？勿论怎样，贬抑稻米的这些文字，放到南方人那里，显然是会引起不愉快的感受的。

在谈山黑豆时，吴氏回忆昔时渡黄河北行，“大风沙击车帷，有声如雹”，后发现乃“天雨豆”，即黑豆是也。他引前人记载：“罗泌《路史》博载史传，雨金、雨粟、雨毛、雨血、雨鱼诸异，然未得于目睹。而志五行者，或附会以为休咎。是邑也，时有小旱，不为灾，亦无他异。”这似乎表明他是不太相信五行之说的，不过，随之在博引关于天雨豆的各种奇观后，又云：“雨豆一也，或可食或不可食，其有似豆而非豆者耶？抑以此别灾祥耶？”自己也疑惑起来，不能坚持唯物的观点，这放在那个时代，也是无足为怪的。

如此的议论，显见得离开植物名实有些远了，但这部书除精细考辨实证外的有趣之处或许就在这里。吴其濬以殿试一甲一名（状元）、翰林院修撰及以后的封疆大吏身份，著一本草木之书，可见其情怀。他的悲天悯人，在“雩娄农曰”中时时表露，如“燕麦”条，介绍基本形态后，说道：

“甚矣，瘠土之民之苦也。《博物志》谓食燕麦令人骨软。《救荒本草》录之，亦谓拯沟壑耳。《丽江府志》：燕麦粉为干糇，水调充服，为土人终岁之需。维西苦寒，其人力作，几曾病足哉？蓼之虫、桂之蠹，生而甘之，乌知其辛？彼浆酒藿肉，腼腼然訾食者，其亦幸而不生雪窖冰天，得以填其欲壑耳。然而醉生梦死，与圈豕槛羊同其肥腯，冥然罔觉，以暴殄集其殃，其亦不幸也已。”

吴其濬自丁忧之时即着手写《植物名实图考》（包括辑录《植物名实图考长编》），前后可能用去数十年时间，其考辨名物的科学精神自不待言，而在这种客观考证中，其忧患意识时时从文字中渗透出来，上引议论可见一斑。又如，说蔊菜：“吾乡人摘而腌之为菹，殊清辛耐嚼。伶仃小草，其与荠殆辛甘，各据其胜，然荠不择地而生，此草惟生旷野，喜清而恶浊，盖有之矣。”说稻槎菜：“生于稻之腐余，其性当与谷精草比。吾乡人喜食之。《救荒本草》所列皆山野中物，采录亦弗及。每忆其黄花绿茎，绣塍铺陇，觉千村打稻之声，犹在耳畔。”在在见其关怀所在。

读《植物名实图考》，亦发现若干舛讹。如蔬类之“甘薯”条云：“甘薯，详《南方草木状》，即番薯。《本草纲目》始收入菜部。近时种植极繁。山人以为粮，偶有以为蔬者。南安十月中有开花者，形如旋花。”在这里，吴其濬犯了一个错误，《南方草木状》乃晋嵇含所著，其卷上草类“甘薯”条云：

“甘薯，盖薯蓣之类，或曰芋之类，根叶亦如芋，实如拳，有大如瓯者，皮紫而肉白，蒸鬻食之，味如薯蓣，性不甚冷。旧珠崖之地海中之人皆不业耕稼，唯掘地种甘薯。秋熟收之，蒸晒切如米粒仓圌贮之，以充粮糗，是名薯粮。北方人至者，或盛具牛豕脍炙，而末以甘薯荐之，若粳粟然，大抵南人二毛者，百无一二，惟海中之人寿百余岁者，由不食五谷而食甘薯故尔。”

嵇含所言甘薯其实是薯蓣，并非旋花科的甘薯，而吴其濬将旋花科甘薯和《南方草木状》之“甘薯”混为一谈，自然是失误。其实《植物名实图考》中有薯蓣条，

不过排斥嵇含所记载的在外，而是放在甘藷条，显为不认可此物是外来物种（美洲原产，经吕宋传入），“而认为其为中华产也久矣”。他在“雩娄农曰”中又借题发挥：

“夫食人、衣人，造物何不自生于中土，必待越鳀壑、探虎穴而后以生、以息，岂从来者艰，而人始知宝贵耶？抑中土实有之，而培植取用不如四裔之精详耶？”

这几乎不是在做植物考证，而是表露某种儒者的夷夏观念了。

附记：

《太平御览》“果”部言及甘藷云：“甘藷似芋，亦有巨魁。剥去皮，肌肉正白如肪。南人专食，以当米谷。蒸、炙皆香美。宾客酒食亦施设，有如果实也。”同于《南方草木状》中之甘藷。

薛爱华（爱德华·谢弗）《朱雀：唐代的南方意象》第十章“植物”中说：“汉代以后的典籍中曾提到一种‘甘藷’，如今它已经成了个谜。现代有人认为这可能就是红薯，其来源颇有些神秘——它似乎是一种美洲植物，但它有可能在哥伦布以前就被引入到波利尼西亚么？还有些人认为它来自非洲。但最可信的说法是到了十六世纪，人们才将甘薯从菲律宾引种到中国。”此处“汉代以后的典籍”即指《南方草木状》。

《一岁货声》与《货声》

于光绪丙午年，即一九〇六年，闲园鞠农（蔡省吾）编写《一岁货声》，其后三十多年均以抄本流传。其间，收藏或录抄者有齐如山、刘半农、沈启无、周作人等。直至一九三八年，被收入张次溪（江裁）主编的《京津风土丛书》，始刊行，易名为《燕市货声》，由周作人题签。这是册小书，印量少，其时读的人应不会太多，但对研究或了解故都风物与民俗却实在重要，在记录昔时老城街巷叫卖声的著作中功在开山，其可珍自不待言。（齐如山后有《北京货声》："余曾将北平小贩，何时售何物，由元旦起，至除夕止，依时归纳，辑成一书，名曰北京货声。"）

二十世纪八十年代，翁偶虹意欲记录自己生于斯长于斯的这座城的货声，果然找到了这册书："复得闲园菊叟所辑《燕市货声》一书，参考印证。此书成于清光绪丙午前后，先我多年，证我亲耳所闻者，相差无几。春窗遣兴，命笔为文，既可征信于昔年，更可传真于后世，所谓'辨乡味，知勤苦；纪风土，存节令；自食于其力而益人于常行日用间者，固非浅鲜也'。"他写成《货声》，我们读之，可发现确是以《一岁货声》为蓝本的，但篇幅是后者的数倍，不仅给街头货声作了大量出于自己见闻的"笺释"，且有较大的调整及增补，毕竟两位作者的年龄与成书时间之距离均逾半个世纪，即使见闻说来"相差无几"，却仍是存在某些差异的。

翁偶虹写《货声》，有一特出之处，是细分故都不同城区间的微细区别，这是《一岁货声》未有的。如卖茶果，闲园鞠农记下叫卖声，"吃的香，嚼的脆——茶果"，注曰"卖一正月"。翁偶虹则写得细致：

"茶果昔名茶果，实质是炸白薯片，浸拌蜂蜜，洒蘸青丝红丝。东、南城货声为'吃得香、嚼得脆来——茶果'，西、北城则直喝'真好吃'。"

如卤煮炸豆腐，《一岁货声》无此条，翁偶虹如此记录叫卖声：

“卤煮喂炸豆腐！咸鸡子儿！”

释云：“暑夏溽热，胃不纳食，喜吃清淡。午后晚间，担卖炸豆腐者应时而来。所谓卤煮，就是用花椒盐水煮之。豆腐质极软，微咸而松；兼卖煮鸡蛋，蘸盐食之。此品分东西两派，东城以素为之，浇秦椒糊，撒香菜；西城以荤为主，浇蒜汁，汤中加鹿角菜。”

茶果，东、南城和西、北城的叫卖声相异，做法并无不同；卤煮炸豆腐乃东西城叫卖声相同，材料与吃法却大异。同一个城市，吃食上有这样微妙的差别，是有意思的，而能写得如此详尽，没有对生活的细微体察是无法办到的。

又如卖瓜子儿落花生，《货声》对小贩描述之：“此种小贩，例冬必卖，主顾厮熟，送以绰号，北城著名者叫‘小媳妇儿’；西城著名者叫‘麻廉子’；南城著名者叫‘大嗓儿’；东城著名者叫‘倍儿拉黑’。”这样的民俗材料，生动异常，且过了某个时代就难以寻觅了。

于叫卖声的踵事增华，亦可以细观之。五月，街头卖甜瓜，《一岁货声》记下：

“甘蔗味儿来，旱秧来，白沙蜜的好吃来！青……皮脆来，旱香瓜另个味儿来！”

《货声》则是：“甘蔗味儿来，旱秧来，白沙蜜的好吃来！哈蟆酥的旱香瓜来！犄角蜜的好甜瓜来！青……皮脆来，旱香瓜另个味儿来！老头儿乐的甜瓜来！”

后者多出哈蟆酥、犄角蜜、老头儿乐三种，是个好的补充，让人知道故都街头小贩推车上更多的甜瓜品种。若结合富察敦崇《燕京岁时记》中关于甜瓜的记载比照，会更有趣些，其曰：

“五月下旬，则甜瓜已熟，沿街吆卖，有旱金坠、青皮脆、哈密酥、倭瓜瓤、老头儿乐各种。”

《燕京岁时记》是描述，而无货声，配以闲园鞠农、翁偶虹记录的叫卖声，立时活灵活现起来。

许多货声吆喝起来并无二致，而两书如何加注不妨比照一下。

菠菜的叫卖，《一岁货声》《货声》均作：“水捆的菠菜来，六个大钱一簇！”《一岁货声》注云：“街市摆摊，按‘簇’俗念‘最’平声，或作堆。”《货声》注云：“‘水捆菠菜’取其鲜。售者论堆，北京话谓‘堆’为‘簇’，‘簇’读‘最’字阴平声。‘六个大钱’即十二个小制钱。”关于语音，后者基本沿袭前者的释意，至于“六个大钱”，闲园鞠农成书时代无须加注，因尽人皆知，而翁偶虹特地写上一笔，毕竟此时多数人已不知“大钱”怎样换算了。

卖素包子：“香蕈蘑菇馅的素包子！”《一岁货声》注云：“挑两套细长笼屉，咸同年间，一叟长卖通年，自元旦开张，一文钱两个。”《货声》注云：“春节期间，家家备年菜，肥鱼大肉；小贩以蘑菇、木耳、黄花等和馅为素包子，串巷叫卖，以新口味。”翁偶虹说了时令与材料构成，而闲园鞠农乃另一注法，予人以越年代的亲历感，甚是真切。

有一种情形是补说，如糖杂面。《一岁货声》这样注：“挎筐卖糖，细如一窝丝，亦捏蝎蛇各种玩艺，案头注云，糖杂面尚有一套口词。”翁偶虹加注，前面所言大致如闲园鞠农，唯将这套口词补上：“糖杂面，糖杂面！姑娘吃了我的糖杂面，又会扎花儿，又会纺线儿；小秃儿吃了我的糖杂面，明天长头发，后天梳小辫……”两条注合在一起，就完整了，宛如一体。

若同种物品，注全然不同，也是有趣的。卖盆罐小贩，吆喝：“卖小盆呕！卖小罐呕！喂猫的浅儿，舀水的罐呕！”翁偶虹注：“售者担挑，前置木盘，罗列烧制成的小盆、小罐及小夜壶等；兼有猫浅儿，形如小碟，喂猫用者，质粗糙，外罩以色绿釉或黄釉，系乡间之手工艺品，取悦于儿童嬉玩者。”注法平实，直白介绍所卖物品。闲园鞠农则曰：“有人卖盆，则先一阵老鹳打架，先叫早，后争窝，末像群鸦对谈，嬉笑怒骂中有解和意，无不笑者。”生动描绘现场情景，极生动，若无这样的文字记载，后人是无从得知卖个小盆小罐还会有这许多花样来的。

某一物，初听叫卖声实在有些懵懂，乃：“好肥骡子来，好热车呀！”一时颇纳闷，街头小商贩能牵着骡子和车来卖？《一岁货声》注曰：“南苑蜣螂配小纸车。”似乎明白些，在卖蜣螂，即屎壳郎，那为何叫肥骡子？翁偶虹详加注解：“骡子焉能叫卖，热车何待声呼。这个货声是引诱小儿的一种玩具，捕南苑地产的蜣螂虫，背上系秫秸短秆，另以彩纸做各色车轿，轮转能动，插于蜣螂虫背之秫秸秆上，虫爬而车行，即以蜣螂代表骡子，北京俗称‘屎壳郎车’。车式颇备，轿车、篷车、大鞍车、十三太保大走车等，其形俱肖，统称‘热车’。蜣螂黑质而圆硕，故曰‘好肥骡子’……”此注好甚，或可解许多人的惑。

事关时代风俗的文字，是值得留意的。卖山里红，这样吆喝：“大果子来——山里红！还有十挂啊——大山里红！”（稍有区别，《一岁货声》作“十挂”，《货声》作“两挂”。）闲园鞠农未加注，可能是因为食物人人皆知，货声一听了然，便不注了；而翁偶虹有一长注，不仅写小贩卖山里红的花招，还接着写道：“他们的生意旺季，是在清季刑部秋审、判决死囚的时候，有缓刑复审者，其亲友祝贺，必买成挂的山里红悬于囚颈，以示吉利。是日卖山里红的最为活跃，货声四起，购者亦无暇计其大小，信手买来，即照价付钱。”这显见是珍贵的民俗材料，很有古代笔记体的韵味。

注中，也有少许意见不一致处，如说油炸鬼。闲园鞠农释云：“‘鬼’当作‘果’音转耳，有糖咸大小，劈圆，盖数样，乡村谓之麻花子，以白油豆油炸，挎盘。”翁偶虹说：“油炸鬼即油条，‘鬼’为‘桧’音之讹，相传世人恨秦桧之误国害贤，以面捏其形，入油炸之，曰‘油炸桧’，辗转讹念为‘油炸鬼’。亦有称‘馃子’者，形味各殊，有焦、咸、糖之分。”两种看法均其来有自，不妨并存。

总而言之，《一岁货声》的注较为简略（且许多条目无注），《货声》每条必注，详尽异常。不过有时，前者的注中会有一些后者未言及的信息，如关于卖熏鱼儿的，闲园鞠农说：“肩挎小红柜或云用药洗过，虽伏天蝇不集，又有吆喝烂肉者货多不全。”这样的故典或有人觉得琐碎，但我是乐于听闻的。

闲园鞠农在《一岁货声》序中说：“（货声）可以辨乡味，知勤苦；纪风土，存节令；自食于其力而益人于常行日用间者，固非浅鲜也。朋来亦乐，雁过留声，以供夫后来君子。”这些话语表露其编写此书的用意，而翁偶虹在《货声》前言中也引用了其中部分文字，明其认同之意，又说，“经历过旧北京生活的人，听惯了每天清晨即兴直到子夜仍不息止的串巷货声，交错暄阗，不觉其厌，反觉其美”。或许，只有既“知勤苦”，又“觉其美”，方能记下这些似乎微不足道、已然流逝不回的声音罢。

汪曾祺与《随园食单》

汪曾祺曾在谈论腌蛋时引用《随园食单》“腌蛋以高邮为佳，颜色红而油多，高文端公最喜食之”云云，且说自己看后觉得很亲切，“与有荣焉”。而他的直言仍是让人讶异：“袁子才这个人我不喜欢，他的《食单》好些菜的做法是听来的，他自己并不会做菜。”这句话略有歧义，可说因袁枚以耳闻写《随园食单》而不喜欢其人，也可说本来因别的原因（如品格）不喜袁枚，而《食单》愈发加重了这种认知。在小说《金冬心》里，他借金农之意，也表示过这个意思：“金冬心尝了尝这一桌非时非地清淡而名贵的菜肴，又想起袁子才，想起他的《随园食单》，觉得他把几味家常鱼肉说得天花乱坠，真是寒乞相，嘴角不禁浮起一丝冷笑。”

不过，后来汪曾祺对《随园食单》的态度是有所改变的，在《吃的自由》序中说：“中国谈饮食的书写得较好的，我以为还得数《随园食单》，袁子才是个会吃的人，他自己并不下厨，但在哪一家吃了什么好菜，都要留心其做法，而且能总结，概括出一番‘道理’，如‘有味者使之出，无味者使之入’，‘荤菜素油炒，素菜荤油炒’，这都是很有见地的。”当然这种改变仍是有所保留，如再次说袁子才“自己并不下厨”。（周作人也谈过对《随园食单》的看法，他是将其与《闲情偶寄》比照：“若以《随园食单》来与饮馔部的一部分对看，笠翁犹似野老的掘笋挑菜，而袁君乃仿佛围裙油腻的厨师矣。”）

汪曾祺几次三番评说《随园食单》，不免让我生出好事之心，想一观两人到底有何不同，其实这样做是具备条件的：他们来自相近的地域（江浙），饮食上有许多相似处，若拿对同一类食物的写法此照，或可更见分明。

如猪肉的做法，种类繁多，不一而足。袁枚写“粉蒸肉”：“用精肥参半之肉，炒米粉黄色，拌面酱蒸之，下用白菜作垫。熟时不但肉美，菜亦美。以不见水，故味独全。江西人菜也。”汪曾祺写“乳腐肉”:“乳腐肉是苏州松鹤楼的名菜，制法未详。我所做乳腐肉乃以意为之。猪肋肉一块，煮至六七成熟，捞出，俟冷，切大片，每片须带肉皮，肥瘦肉，用煮肉原汤入锅，红乳腐碾烂，加冰糖、黄酒，小火锅。乳腐肉嫩如豆腐，颜色红亮，下饭最宜。汤汁可蘸银丝卷。”

这是一个明显的“耳食”与亲为的区别：袁枚是菜式做法的搜集者，虽勤勤勉勉，不耻下问，记载细致，但真切感稍缺；汪曾祺是兴致盎然的实践者，知晓及品尝过某菜，即使无法获知确切的做法，也会发挥创造能力“以意为之”，亲手动手实验，不辞辛苦，津津乐道，不仅菜之烹制如在目前，且文字的鲜活呼之欲出，令人乐闻之。汪曾祺于《随园食单》的微词，或可理解了。

在讲究生活的艺术一面，袁枚有之，汪曾祺亦不例外。不过在书写时，袁枚更多的是在罗列，汪曾祺却不会“枯燥”为之。如火腿，袁枚写过“火腿煨肉”（应指浙江金华所产）:“火腿切方块，冷水滚三次，去汤沥干；将肉切方块，冷水滚二次，去汤沥干；放清水煨，加酒四两、葱、椒、笋，香蕈。”再看汪曾祺如何下笔：

“浙江金华火腿和云南宣威火腿风格不同。金华火腿味清，宣威火腿味重。昆明过去火腿很多，哪一家饭铺里都能吃到火腿。昆明人爱吃肘棒的部位，横切成圆片，外裹一层薄皮，里面一圈肥肉，当中是瘦肉，叫做‘金钱片腿’。……护国路原来有一家本地馆子，叫‘东月楼’，有一道名菜‘锅贴乌鱼’，乃以乌鱼片两片，中加火腿一片，在平底铛上烙熟，味道之鲜美，难以形容。前年我到昆明去，向本地人问起东月楼，说是早就没有了，‘锅贴乌鱼’遂成《广陵散》。”

袁子才确是菜谱的写法，一五一十叙述，列完即可；汪曾祺文字起波澜，不长的段落里分若干层次，略写金华火腿，详写宣威火腿，引出“金钱片腿”、“锅贴乌鱼”，且以《广陵散》做比，生今昔之叹，乃妙文也。

而有时对某些菜的描写，两人亦有相似之处。如袁枚写“八宝肉圆”：

“猪肉精、肥各半，斩成细酱，用松仁、香蕈、笋尖、荸荠、瓜、姜之类，斩成细酱，加纤粉和捏成团，放入

盘中，加甜酒、秋油蒸之。入口松脆。家致华云：‘肉圆宜切，不宜斩。’必别有所见。”

汪曾祺写“狮子头”：

“狮子头是淮安菜。猪肉肥瘦各半，爱吃肥的亦可肥七瘦三，要‘细切粗斩’，如石榴米大小（绞肉机绞的肉末不行），荸荠切碎，与肉末同拌，用手抟成招柑大的球，入油锅略炸，至外结薄壳，捞出，放进水锅中，加酱油、糖，慢火煮，煮至透味，收汤放入深腹大盘。”

虽是一耳食，一亲为，仍不能不说极为相像。从配料到切斩方法，相通处皆在。不过汪曾祺是有余音的，又写周恩来在重庆红岩八路军办事处做狮子头的故事，此外还有：“我在淮安中学读过一个学期，食堂里有一次做狮子头，一大锅油，狮子头像炸麻团似的在油里翻滚，捞出，放在碗里上笼蒸，下衬白菜。一般狮子头多是红烧，食堂所做却是白汤，我觉得最能存其本味。”这样旁逸斜出的闲笔，使饮食文字更多了如许韵味。

《随园食单》有关于土步鱼的条目：“杭州以土步鱼为上品。而金陵人贱之，目为虎头蛇，可发一笑。肉最松嫩。煎之、煮之、蒸之俱可。加腌芥作汤、作羹，尤鲜。”汪曾祺写过虎头鲨：“在我的家乡是上不得席的，现在都变得名贵了。苏州人特重塘鳢鱼，谈起来眉飞色舞。我到苏州一看：嗐，原来就是我们那里的虎头鲨。虎头鲨头大而硬，鳞色微紫，有小黑斑，样子很凶恶，而肉极嫩。我们家乡一般用来氽汤，汤里加醋。”土步鱼即塘鳢鱼，又叫虎头鲨、虎头蛇，在两人的文字中看出，其在不同地域所获得的待遇是相异的，其被珍视或鄙视的方式却相似。汪曾祺的小说有散文化倾向，而在散文中又有小说笔法，短短的几行字波澜横生，颇为有趣；袁枚虽著有效聊斋的《子不语》，不过食单中的文字却是平实无华的。

虽有诸般比较，但也不必太过贬抑《随园食单》，毕竟袁枚记录这些食谱的出发点或有不同，其《杂书十一绝句》第十云：“吟咏之余作食单，精致仍当咏诗看，出门事事都如意，只有餐盘合口难。”能放下士大夫的架子，且保存下十八世纪以江南地区为主的许多饮食文化材料，功不可泯。汪曾祺的对其态度有所保留，多出于作家的文化观与生活态度的差异。视角的差别亦为一种好处，因可提供更为复合的认知供我们参看。

知堂早年日记摭拾

周作人记日记始自一八九八年（戊戌年），“大清光绪二十有四年岁次，戊戌，孟春二十八日，东越若耶周櫆寿订于浙江武林仰山楼之东窗下”，时十三岁。其早年日记虽未有成年后记得勤，但仍有着大致的连续性，不会一曝十寒，其中透露出的个人心性与志趣，若与后来的文章稍加参证，会有一些有意味的发现。

一八九九年一月十五日，周作人与族人至调马场坐兜轿。“一路鸟语花香，山环水绕，枫叶凌霜，杉枝带雨。倘得筑以茅屋三椽，环以萝墙一带，古书千卷，同志数人，以为隐居之意，而吾将终老乎！其间墓前刺柏数株，子离离然，撷得六枚，擘而嗅之，香烈无比。”读这段文字，不禁想起另一篇文章，一九二四年的《喝茶》：

“喝茶当于瓦屋纸窗之下，清泉绿茶，用素雅的陶瓷茶具，同二三人共饮，得半日之闲，可抵十年的尘梦。喝茶之后，再去继续各人的胜业，无论为名为利，都无不可，但偶然的片刻优游乃正断不可少……”

前者的周作人仅十四岁，偶遇好的景致有此遐想，是一种少年心性；写《喝茶》时的周氏已然是享有盛名的新文学大家，这些话语反映的正是其于生活的艺术之提倡，透出的乃成熟的思想。其间相差二十多年，而潜在性情的脉络还是可以触及的。

一九〇〇年二月三十日记：“尝草紫。（叶如商陆花，如蚕豆，农人种之以粪田。越人以咸菜瀹之，佳美可啖。三月则老，不可食矣。）”这是周作人第一次以文字记下草紫这种植物，许多年后在《故乡的野菜》中详写之：

“扫墓时候所常吃的还有一种野菜，俗名草紫，通称紫云英。农人在收获后，播种田内，用作肥料，是一种很被贱视的植物，但采取嫩茎瀹食，味颇鲜美，似豌豆苗。花紫红色，数十亩接连不断，一片锦锈，如铺着华美的地毯，非常好看，而且花朵状若蝴蝶，又如鸡雏，尤为小孩所喜。间有白色的花，相传可以治痢，很是珍重，但不易得。日本《俳句大辞典》云：‘此草与蒲公英同是习见的东西，从幼年时代便已熟识。在女人里边，不曾采过紫云英的人，恐未必有吧。’中国古来没有花环，但紫云英的花球却是小孩常玩的东西，这一层我还替那些小人们欣幸的。浙东扫墓用鼓吹，所以少年常随了乐音去看‘上坟船里的姣姣’；没有钱的人家虽没有鼓吹，但是船头上篷窗下总露出些紫云英和杜鹃的花束，这也就是上坟船的确实的证据了。”

如果说庚子年的周作人还能亲口吃到草紫，日记乃实录之，那写《故乡的野菜》时，就全属记忆了，即使他口头说“故乡对于我并没有什么特别的情分”，但那笔下潜藏的恋恋之意却是骗不得人的。

同年七月七日，有这样的记录：“夜大雨，雷电，辟雳一声，少顷即止。夜床角忽鼠数钱，（凡鼠有惊慌则鸣，急声如人之数钱，故名）不能成寐，十一下钟始寝。”此地域色彩浓重的“趣典”，在数十年后演化为一则妙文《鼠数钱》（收入一九四一年《药堂语录》）：

“《茶香室续钞》卷二十四有鼠数钱一则云：‘方濬颐《梦原丛说》云，粤东有钱鼠，其吻尖，其尾长，其声若数钱然，故名。俗云见则主人家有吉庆事，亦犹京师人尊猬为财神也。按常鼠亦能作数钱声，俗云朝闻之为数出，主耗财，暮闻之为数入，主聚财。’案，钱鼠在越中亦有之，俗名油炸老鼠，实臭鼠也，过时闻有臊气，如油焦味，又唧唧作声，但不及常鼠数钱时之急速耳。王衍梅作《鼠嫁词》中云：‘啾啾唧唧数聘钱’，即运用此典，颇工巧可喜，但鼠之数钱实乃震惊失常，欲叫不得，故急迫而咋咋作声犹人之口吃，其时大抵与蛇骤遇，悚立不能动，旋即被其缠束矣。儿时闻鼠数钱声，常为悚然，盖知近处必有异，所惧实在蛇而非鼠也。三十年前家母在越，夏夜为帐顶上鼠所扰不能寐，以压帐竹竿拍席驱之，嗒然作声，鼠亦忽数钱，骤惊故尔。母谓或竹竿声似蛇拍尾故，此解更近理。北京未见臭鼠，常鼠大小有数种，亦未曾闻其数钱，殆因少蛇故耶。中国旧日通行铜钱，交付时必计数，除一五一十罗列几案地上外，大抵两手持数，亦以五文为一注，由右至左，钱相触有声，说及数钱声便各意会。今铜钱几尽废，即铜元亦渐匿迹，恐将更后无人能解此语矣。”

少年时的日记寥寥数笔，言简意赅，倒是把缘由道清了；中年后所写这则笔记，全然体现一位学识渊博的散文大家的悠游之笔触，短短几百字，却回环曲折，征引、亲历、趣味融汇一炉，乃笔记中的上品。

饮食文字，是周氏散文中的一大门类，不仅体现着其艺术成就，亦联接着其思想的脉息。在他的早年日记里，确是可看到许多端倪的。

一八九八年一月三十日：“食水芹紫油菜，味同油菜，第茎紫如茄树耳，花色黄。兄飨归，贻予建历一本，口香饼二十五枚。作炒红果法，存稿。”

同年二月五日：“上午食龙须菜，京师呼豌豆苗，即蚕豆苗也，以有藤似龙须故名。每斤四十余钱，以炒肉丝，鲜美可啖。”

同年闰三月廿三日：“食萵苣笋，青鲳鲞，出太湖，每尾二十余文，形如撑鱼，首如带鱼，背青色，长约一尺，味似鳓鱼，细骨皆作入字形。”

一九〇〇年三月三日："下午章桂来，尝石首。（即鲙也，越名黄鱼，杭呼江鱼，田叔禾《西湖游览志》亦作江鱼。）"

同年七月五日："上午杜浦章桂送西瓜、洋金瓜、青瓜、冷饭头瓜，（形如西瓜，一名咽煞瓜，不能多吃，以其味淡而饱，又能噎也。）共二筐。"

一九〇一年二月十五日："尝香椿。（上午行东郭门河沿，见丛筱中有香椿，因撷得三枚归，拌腐食之，颇觉清香可口。）"

同年三月十五日："是日食芹菜，香烈可口，然南人多不喜食，亦风土使然也。"

同年四月二日："回家后又往轩亭口，由试前回家，购旧《随园食单》乙本，钱三十文。……夜阅《食单》竣。"

同年四月廿六日，录戛剑生（鲁迅）杂记四则，其一云："生鲈鱼与新粳米炊熟，鱼须斫小方块，去骨，谓之鲈鱼饭。味甚鲜美，名极雅饬，可入林洪《山家清供》。"

到了一九〇二年，周作人为第八册日记定凡例："凡前与此者，记事无例，故草率遗漏在所不免。兹定凡例若干则，仿而行之。不为无裨云。”其中即有，“凡本地风土琐事亦宜附记，兼及食物蔬果，以备参考”。这已上升为一种自觉的行为，此后，记述愈加多了起来：

一九〇二年三月四日：“莴苣菜生食鲜脆，江南人用以煮肉，味如蒲子。”

同年三月十一日：“红萝卜，大如芋头，色红如胭脂，皮甚薄，味甘。槌碎，不可用刀切，加秋油拌食。江南人杂以莴苣片，红绿相间，可喜。”

同年三月廿二日：“江南笋甚少，淡笋无大者，长只五、六寸，百钱可得六、七支，切片同咸菜炒食甚好。土人颇珍之。然吾乡则为常物，以菘芥蔓菁视之，每斤只须青蚨数翼。”

同年五月二日：“紫苋菜，长尺许，如常苋，叶深碧，茎鲜红，瀹熟，汁做胭脂色，味尚可口，江南有之。”

同年五月廿四日：“《前汉书·苏武传》：掘野鼠去草实而食之。苏林注：取鼠所去草实而食之。张晏注：取鼠及草实，并而食之。刘攽注：今北方野鼠之类甚多，皆可食。诸注未知孰是，然苏说似为近之。颜师古训去为藏，盖亦以苏说为是也。”

同年六月十一日：“蟠桃大如茶杯，色青黄，形扁，如吾乡之双合桃。皮多斑驳痕，食之甘美。海上有之，价甚贵，且不能致远。由轮舟递宁，隔宿辄败，十八娘之流亚也。”

同年六月十三日：“六月中，江南人买小藕，切片瀹微熟，去水，加秋油、醋拌食，以为馔，色淡紫可爱，味不甚佳。”

另有一条，是有些趣味的，乃一八九九年四月十三日：“晴。食甲鱼，食苋，无恙。”少年时的周作人显然听说过甲鱼和苋菜是相克的食物，于是大胆以身试之，结果是没有事。一九三一年，他写了一篇文章，名为《苋菜梗》，里面说：“说到苋菜同时就不能不想到甲鱼。《学圃余疏》云：‘苋有红白二种，素食者便之，肉食者忌与鳖共食。’《本草纲目》引张鼎曰：‘不可与鳖同食，升鳖瘕，又取鳖肉如豆大，以苋菜封裹置土坑内，以土盖之，一宿尽变成小鳖也。’其下接联地引汪机曰，‘此说屡试不验’。《群芳谱》采张氏的话稍加删改，而末云‘即变小鳖’之后却接一句‘试之屡验’，与原文比较来看未免有些滑稽。这种神异的物类感应，读了的人大抵觉得很是好奇，除了雀入大水为蛤之类无可着手外，总想怎么来试他一试，苋菜鳖肉反正都是易得的材料……苋菜与甲鱼同吃，在三十年前曾和一位族叔试过，现在族叔已将七十了，听说还健在，我也不曾肚痛，那么鳖瘕之说或者也可以归入不验之列了罢。”过了三十余年，他尤未忘此事。

诸如此类，不能不说这与其后来的书写饮食的文章有着血脉的联系，有此一面的兴趣，那日记中的随手记录，可谓是早期的操练了。

周氏对自己的早年日记是重视的，或有不时之查阅，乃至在后来的写作中经常引用（更不必说晚年写《知堂回想录》时常备手边翻检了）。如一九三八年的《淞隐漫录》，即回忆少年时初读王韬这本著作：“我初次看见此书时在戊戌春日，那时我寄住杭州，日记上记着，正月廿八日阴，下午工人章庆自家来，收到书四部，内有《淞隐漫录》四本，《阅微草堂笔记》六本。其时我才十四岁，这些小说却也看得懂了，这两部书差不多都反覆的读过，所以至今遇见仍觉得很有点儿情分。”如果说这还只是以引用日记作为回忆的话，另一种情形却是别有意味，那是一九三四年的《花镜》中：

“这里想起昔时上祖坟的事，春天采映山红，冬天拔取老勿大，前几时检阅旧日记找出来的一节纪事可以抄在这里，时光绪己亥（一八九八）十月十六日也。

‘午至乌石墓所，拔老勿大约三四十株。此越中俗名也，即平地木，以其不长故名。高仅二三寸，叶如栗，子鲜红可爱，过冬不凋，乌石极多，他处亦有之。性喜阴，不宜肥，种之墙阴背日出则明岁极茂，或天竹下亦佳，须不见日而有雨露处为妙。’这个记载显然受着《花镜》的影响，山头拔老勿大与田间拔‘草紫’（即紫云英）原是上坟的常习，因为贪得总是人情，但拿了回来草紫花玩过固然也就丢了，嫩叶也瀹食了，老勿大仍在盆里种得好好的，明年还要多结许多子，有五六个一串的，比在山时还要茂盛，而且琐琐的记述其习性，却是不佞所独，而与不读《花镜》的族人不相同者也。”

显然，早年日记中的这一节已然成为文章的有机组成部分，融入了进去，似乎这三十多年的光阴流转全无隔阂，绝无不适。且周氏对自己记录植物特征的习惯认为颇有裨益，换句话说，即是于日记的自珍了。

书信中的饮食识小

一九六四年初，日本学者安藤更生发表《苦雨斋访问记》，开首即说："周作人（字知堂）先生对于如今的我来说，是唯一的恩师。三十年来我一直承蒙恩师的垂教，如今也一如既往地每月接受先生的教诲。"安藤氏之尊师重道，若置于其时的历史情境中，当更为令人慨然。现存的安藤更生与周作人往复书信，计安藤氏三十通，周氏四十七通，时间起自一九四三年三月二十二日，迄于一九六五年八月四日。这些书信，为研究周作人晚年的生活及思想历程提供了珍贵的材料，因安藤更生乃知堂异域之故旧门生的身份，他们的纸笔交流有一定的特殊性，或有内容的不同处，有所区别于以往出版的与俞平伯、曹聚仁、鲍耀明、松枝茂夫等的通信集。我仅想从一极微小的点——饮食切入，略窥知堂晚年生活的一斑，以及安藤氏作为一位曾在中国生活过的日本学者对客居地的眷恋。

一九六〇年十二月一日，安藤更生在写给知堂的信中说："东京也已是初冬的景色，两三天前还有些叶子形状的芭蕉已经完全似霜打的一样。寺庙和公园的银杏叶已落下黄叶。每天早上可以清楚地看见西面天空中冠雪的富士山。北京的饭馆子也该是掀起热气腾腾的白气了吧。糖葫芦儿也开始冰冻了吧。我学着冻柿子，把日本的柿子放进冰箱里冻着，遥想着燕都。我生活的必需品香片也好像能从香港那边进来。院子里种了一棵香椿树，一到春天我就准备摘些嫩叶拌豆腐吃，但日本的豆腐卤水不够，而且最近也没有岩盐，总弄不好。去横滨也能买到香菜。日本到处都开有饺子铺，称作ギョーザ（真是多么难听的词，都是些在满洲呆过的日本人讹传的吧），无论什么人都在吃。"后又在次年二月六日的信中提及糖葫芦："小弟能再次听得回响在胡同土墙的卖糖葫芦的声音到底要待到何日？"他对北京的冻柿子念念不忘，屡次说起：

“去了一趟银座的千疋屋，吃到新鲜的荔枝，但一颗要三百日元，据说是从台湾空运过来的。过去没办法吃那香港制的罐头也就将就了，但比起那，毕竟能吃到新鲜的，而且比起杨贵妃吃的都要新鲜得多。东京现在是梨子和葡萄下来的季节，过不久柿子也会熟了吧。今年买了一台电冰箱，期待着能做冻柿子。”

知堂回信言道：“知在东京吃到鲜荔枝，北京虽亦有鲜者，然实在已离树日久，故不可同日而语矣。又知能吃冻柿，此亦甚佳，此地只偶有配给，又非冬天，故冻柿殆不可能也。”此信写于一九六一年十一月六日，处于大饥荒的末期，或许知堂写下这些话时带着苦笑吧。

请安藤氏寄来一些日文著作，是知堂信中的一项主要内容，而其中，关于名物、饮食的书，谈论颇多。知堂在一九六一年七月一日的信中说：“青木正儿旧著有《華國風味》一书，弘文堂发行，系十余年前出版，不知尚有否？如能找得，亦乞为代购一本，不胜感荷。”因非新书，市面未有，安藤更生八月三日回信解释：“《華國風味》出版社弘文堂也都没有书，只好找旧书，请稍等候些。”直至次年三月十九日信中，安藤氏终完成恩师所托：“您下命索要的《華國風味》终于才找到，时间过了很久，抱歉，现寄上。”知堂四月十六日回信：

“知承赐寄青木君之《華國風味》，甚感佳惠，此为现在唯一之消遣，特别是关于吃食者，兼有过屠门而大嚼之意，前回托买《駄菓子の故乡》等亦是此意，祈勿笑其贪馋耳。”

得到《華國風味》一书颇有些曲折，知堂的欣喜之意豁然。后来他从此书中选取《中华腌菜谱》《日本人谈中国酒肴》《肴核》《鱼脍》四篇译出，可见其喜爱。

所谓“前回托买《駄菓子の故乡》”之事，起于知堂一九六一年十一月六日的信：“又有石桥幸作之《駄菓子の故乡》，未来社出版，亦祈购寄一册，至为感谢。”安藤十二月三日即买好寄来，知堂十二月二十七日写信谈读后之想法：“《駄菓子の故乡》已于日前寄到，读之甚感兴趣，此盖因对于儿时感到乡愁，其次则因多年吃不到‘菓子’（近时乃连北京的饽饽亦吃不到了），故不免有‘过屠门而大嚼’之意思，即看纸上所记亦可以解馋也。”说到北京的饽饽，不禁让人想起他在一九二四年所写的《北京的茶食》：

“固然我们对于北京情形不甚熟悉，只是随便撞进一家饽饽铺里去买一点来吃，但是就撞过的经验来说，总没有很好吃的点心买到过。难道北京竟是没有好的茶食，还是有而我们不知道呢？这也未必全是为贪口腹之欲，总觉得住在古老的京城里吃不到包含历史的精炼的或颓废的点心，是一个很大的缺陷。北京的朋友们，能够告诉我两三家做得上好点心的饽饽铺么？”

当年是“随便撞进一家饽饽铺里去买一点来吃”，总觉得不好，而现如今，是干脆就吃不到了，知堂一叹，我们亦一叹。

其后，知堂又提起菓子：“鄙人事实上最喜日本的菓子，明知不能避不爱国之讥，但这是实情，今春听说先生不能来华，我同内人均甚失望，内人还说如安藤さん来北京，本想请他带几个栗馒头（因日本菓子中只有这能经久）来的。内人病中甚想念日本风味，有些在香港可以得到，便托在香港三井物产的知人设法买些，如罐头的鳗蒲烧及赤味噌梅干等类，但菓子则难以得到……”

两三年后，他写了一篇文章，名《陆奥地方的粗点心》，里面半数篇幅是译自《駄菓子の故乡》中的一节：“骗骗女孩子的专称寺”。这大约是知堂一生中最后关涉食物的文章了。

饮食之事

略谈周作人、汪曾祺的坐而论食

1

“江南茶馆中有一种‘干丝’，用豆腐干切成细丝，加姜丝酱油，重汤炖热，上浇麻油，出以供客，其利益为‘堂倌’所独有。豆腐干中本有一种‘茶干’，今变而为丝，亦颇与茶相宜。在南京时常食此品，据云有某寺方丈所制为最，虽也曾尝试，却已忘记，所记得乃只是下关的江天阁而已。学生们的习惯，平常‘干丝’既出，大抵不即食，等到麻油再加，开水重换之后，始行举箸，最为合式，因为一到即罄，次碗继至，不遑应酬，否则麻油三浇，旋即撤去，怒形于色，未免使客不欢而散，茶意都消了。”

“干丝是淮扬名菜。大方豆腐干，快刀横披为片，刀工好的师傅一块豆腐干能片十六片；再立刀切为细丝。这种豆腐干是特制的，极坚致，切丝不断，又绵软，易吸汤汁。旧本只有拌干丝。干丝入开水略煮，捞出后装高足浅碗，浇麻油酱醋。青蒜切寸段，略焯，五香花生米搓去皮，同拌，尤妙。煮干丝的兴起也就是五六十年的事。干丝母鸡汤煮，加开阳（大虾米），火腿丝。我很留恋拌干丝，因为味道清爽，现在只能吃到煮干丝了。干丝本不是‘菜’，只是吃包子烧麦的茶馆里，在上点心之前喝茶时的闲食。现在则是全国各地淮扬菜系的饭馆里都预备了。我在北京常做煮干丝，成了我们家的保留节目。北京很少遇到大白豆腐干，只能用豆腐片或百页切丝代替。口感稍差，味道却不逊色，因为我的煮干丝里下了干贝。煮干丝没有什么诀窍，什么鲜东西都可往里搁。干丝上桌前要放细切的姜丝，要嫩姜。”

说的都是干丝，谈者分别为周作人、汪曾祺。干丝乃江南食物，周、汪故家分别在浙江绍兴、江苏高邮，对之自然极熟悉，而略比较两人写同一物什，亦是有意思的。两位都讲制作方法：豆腐干切细丝，知堂一笔而过，汪曾祺则细细表来，快刀横披，立刀切丝，豆腐干如何特制云云；之后程序略有不同，一是先加姜丝酱油，再重汤炖热，上浇麻油，另一是先入水煮，再浇麻油酱油，虽稍异，却也是殊途同归的。自视角而言，知堂写得细致，是因观察得细致，乃旁观者的角度；而汪曾祺既观察，亦喜操作，他有兴致将往昔记忆中的食物尽数“变现”，做给自己吃，做给家人吃，亦做给朋友吃，如美籍华裔女作家聂华苓来京到家里做客时，上煮干丝一道，“华苓吃得淋漓尽致，最后端起碗来把剩余的汤汁都喝了”，友人高兴，他也高兴。

从笔致来说，知堂、汪曾祺都极悠然，从容不迫。汪曾祺环绕干丝左右，未须臾离开；知堂于干丝固然有兴致，而对这食物周匝的各色人等，似更具兴趣，堂倌的小算盘，学生的小算计，三言两语，略加点染，跃然而出。

豆腐干，亦是两位均书诸笔墨的。汪曾祺遍述南北各类，北京的熏干，南方的花干、苏州干，而重头说茶干，丝丝入扣写如何制作："豆腐出净渣，装在一个一个小蒲包里，包口扎紧，入锅，码好，投料，加上好抽油，上面用石头压实，文火煨煮……这种茶干外皮是深紫黑色的，掰开了，里面是浅褐色的。很结实，嚼起来很有咬劲，越嚼越香，是佐茶的妙品，所以叫做'茶干'。"知堂谈豆腐干，就是自己家乡昌安门外之豆腐店，曰周德和者出品："寻常的豆腐干方约寸半，厚三分，值钱二文，周德和的价值相同，小而且薄，几及一半，黝黑坚实，如紫檀片。"又引叫卖词曰："辣酱辣，麻油炸，红酱搽，辣酱拓，周德和格五香油炸豆腐干。"后再补说："豆腐干大小如周德和，而甚柔软，大约系常品。惟经过这样烹调，虽然不是茶食之一，却也不失为一种好豆食。——豆腐的确也是极东的佳妙的食品，可以有种种的变化，唯在西洋不会被领解，正如茶一般。"大略可以看出，汪曾祺谈豆腐干，就是豆腐干，民俗学意味浓，而知堂除去记录民俗之外，别有逸出的情致，总是有些言外的意思在。

写同一食物，还可说说栗子。汪曾祺在《栗子》中说：“炒栗子宋朝就有。笔记里提到的‘炒栗’，我想就是炒栗子。汴京有个叫李和儿的，炒栗有名。南宋时有一使臣（偶忘其名姓）出使，有人遮道献闷栗一囊，即汴京李和儿也。一囊炒栗，寄托了故国之思，也很感人。”而周作人写《炒栗子》一文，引出陆放翁《老学庵笔记》原文：“故都李和炒栗名闻四方，他人百计效之，终不可及。绍兴中陈福公及钱上阁出使虏庭，至燕山忽有两人持炒栗各十裹来献，三节人亦人得一裹，自赞曰李和儿也。挥涕而去。”《老学庵笔记》是常见书，两人都喜读笔记，自然是时时翻阅的。不过，汪曾祺叙述时大约只是叙述罢了，并无深的意思，而知堂却不然，引放翁语之后，又做二首绝句，其一云：“燕山柳色太凄迷，话道家园一泪垂，长向行人供炒栗，伤心最是李和儿。”其时为一九四〇年三月，知堂此时想起炒栗子的李和儿，真是令人感慨系之。

2

以上稍举数例，可看出周作人、汪曾祺对饮食观照的许多相同之处，亦有某些相异。这种相异，在于知堂写饮食，较之汪曾祺，不时要多出些复杂难言的况味来。在《北京的茶食》里，知堂由日本作家五十岚力的《我的书翰》中所言东京茶食店的点心都不好吃了，联想到自己在北京亦未寻到好吃的点心：“难道北京竟是没有好吃的茶食，还是有而我们不知道呢？这也未必全是为贪口腹之欲，总觉得住在古老的京城里吃不到包含历史的精炼的或颓废的点心，是一个很大的缺陷。北京的朋友们，能够告诉我两三家做得上好点心的饽饽铺么？”后又涉及生活的态度，对“无用的游戏与享乐”有着自己的见解，末了说：“可怜现在的中国生活，却是极端地干燥粗鄙，别的不说，我在北京彷徨了十年，终未曾吃到好点心。”精炼的或颓废的，用词极妙，延伸到更宏阔及深邃的所在去；彷徨十年，与微末的茶食构成如许大的反差，可谓吞吐涵蕴，留白极多。知堂的心理总是处于矛盾与纠结中，他自言不愿做道德家，却一直逃不过道德家的范畴，因之，我们看到为小小的点心，他亦是“徘徊复徘徊”，不胜怅惘之至。这样的文字，似在汪曾祺那里未见到过。

知堂曾说，“喝茶当于瓦屋纸窗之下，清泉绿茶，用素雅的陶瓷茶具，同二三人共饮，得半日之闲，可抵十年的尘梦。喝茶之后，再去继续各人的胜业，无论为名为利，都无不可，但偶然的片刻优游乃正断不可少……”这句话很出名，几乎作为知堂之闲适的标识，但知堂本人后来却有这样的话：“总之闲适不是一件容易学的事情，不佞安得混冒，自己查看文章，即流连光景且不易得，文章底下的焦躁总要露出头来，然而闲适亦只是我的一理想而已，而理想之不能做到如上文所说又是当然的事也。”“看自己的文章，假如这里边有一点好处，我想只可以说在于未能平淡闲适处，即其文字多是道德的。……至于文章自己承认未能写得好，朋友们称之曰平淡或闲适而赐以称许或嘲骂，原是随意，但都不很对，盖不佞以为自己的文章好处或不好处全不在此也。”他自己对所谓闲适表示质疑，真是矛盾得紧，充分说明其闲适文字中的不闲适处，如他谈酒，说：“我喝着酒，一面也怀着‘杞天之虑’，生恐强硬的礼教反动之后将引起颓废的风气，结果是借醇酒妇人以避礼教的迫害，沙宁（Sanin）时代的出现不是不可能的。但是，或者在中国什么运动都未必彻底成功，青年的反拨力也未必怎么强盛，那么杞天终于只是杞天，仍旧能够让我们喝一口耽溺的酒也未可知。倘若如此，那时喝酒又一定另外觉得很有意思了罢？”知堂的闲适文字，似乎难以闲得住，总是存着某种“意思”在闲适之外的。

又如谈油条这种寻常食物，征引各种典籍后，知堂议论道：“……有所怨恨，乃以面肖形炸而食之，此种民族性殊不足嘉尚。在所谓半开化民族中兴行种种法术，有黑魔术以伤害人为事，束草刻木为仇人形，禹步持咒，将刍灵火攻油煤或刀劈，则其人当立死。……铸铁人，拿一棵树来说分尸，那么拿一条面来说油煤自无不可，然而这种根性实在要不得，怯弱阴狠，不自知耻（孔子说过，知耻近乎勇），如此国民何以自存，其屡遭权奸之害，岂非所谓比自腐而后虫生者耶。”更是借食物来揭露民族性，狠辣至极，可谓自己的文章“未能平淡闲适处”（不过替秦桧翻案，在那样一个民族面临外来侵略的危急之秋，必遭舆论之反弹，也是必然）。

以平淡的物什表达自己的思想，“结缘豆”堪称妙极。知堂从范寅《越谚》、敦崇《燕京岁时记》、刘玉书《常谈》引出结缘豆来，说：“就上边所引的话来看，这结缘的风俗在南北都有，虽然情形略有不同。小时候在会稽家中常吃到很小的小烧饼，说是结缘分来的，范啸风所说的饼就是这个。这种小烧饼与‘洞里火烧’的烧饼不同，大约直径一寸高约五分，馅用椒盐，以小皋步的为最有名，平常二文钱一个，底有两个窟窿，结缘用的只有一孔，还要小得多，恐怕还不到一文钱吧。北京用豆，再加上念佛，觉得很有意思，不过二十年来不曾见过有人拿了盐煮豆沿路邀吃，也不听浴佛日寺庙中有此种情事，或者现已废止亦未可知，至于小烧饼如何，则我因离乡里已久不能知道……”谈小烧饼是牵带出来的，乃闲笔，不过文章的好处也正在这种闲闲道来，且通过食物，将南北方关于结缘的习俗做一铺陈。不过知堂谈食物固然是要谈的，其真实的用意，却是要揭出东方宗教中哲理之诗意，以及背后的人性、人情："人是喜群的，但他往往在人群中感到不可堪的寂寞，有如在庙会时挤在潮水般的人丛里，特别像是一片树叶，与一切绝缘而孤立着。"结缘豆为何会出现，也就获得同情之理解了。知堂文字的复杂在于，其层次如此丰富，还要更进一步借结缘豆表示自己的文艺观：

"几颗豆豆，吃过忘记未为不可，能略为记得，无论转化作何形状，都是好的，我想着恐怕是文艺的一点效力，他只是结点缘罢了。我却觉得很是满足，此外不能有所希求，而且过此也就有点不大妥当，假如想以文艺为手段去达别的目的，那又是和尚之流矣，夫求女人的爱亦自有道，何为舍正路而不由，乃托一盘豆以图之，此则深为不佞所不能赞同者耳。"

知堂曾梳理中国新文学的源流，剖分为言志与载道两派，以后虽有所修正，但大致不离。这里讲文艺的效力只是"结点缘罢了"，仍是此意，而后面的挖苦，"以文艺为手段去达别的目的”，多半是朝向左翼，将之比作“和尚之流”，可谓嘲讽之至了。能把“几颗豆豆”写得如此婉曲幽深，见其用笔之高妙。

3

汪曾祺写饮食，无知堂的深，其特出之处，乃在于烟火气。

“我尤其喜欢吃清蒸羊肉。我在四子王旗一家不大的饭馆中吃过一次‘拔丝羊尾’。我吃过拔丝山药、拔丝土豆、拔丝苹果、拔丝香蕉，从来没听说过羊尾可以拔丝。外面有一层薄薄的脆壳，咬破了，里面好像什么也没有，一包清水，羊尾油已经化了。这东西只宜供佛，人不能吃，因为太好吃了！”

羊膻扑面而来，“俗”而可耐。知堂谈吃，是清冷的，读是爱读，可未必就想寻来吃，而汪曾祺谈吃，俗雅相间，亮色调，直接逗出人的食欲来，甚或馋涎欲滴。如：

“南京夫子庙卖油炸臭豆腐干用竹签子串起来，十个一串，像北京的冰糖葫芦似的，穿了薄纱的旗袍或连衣裙的女郎，描眉画眼，一人手里拿了两三串臭豆腐，边走边吃，也是一种景观，他处所无。”微末的臭豆腐干而已，经汪曾祺一写，有活色生香之妙。

知堂于饮食，是光说不练，袖手静立，老僧远庖厨也；而汪曾祺，不仅谈之不倦，还要亲力亲为，为食材的采购、做法的创新、效果的展示花许多的心思。《家常酒菜》中，有一道塞馅回锅油条：“油条两股拆开，切成寸半长的小段。拌好猪肉（肥瘦各半）馅。馅中加盐、葱花、姜末。如加少量榨菜末或酱瓜末、川冬菜末，亦可。用手指将油条小段的窟窿捅通，将肉馅塞入、逐段下油锅炸至油条挺硬，肉馅已熟，捞出装盘。此菜嚼之酥脆。油条中有矾，略有涩味，比炸春卷味道好。”这道菜是汪曾祺自己“发明”的，“很多菜都是馋人瞎捉摸出来的”，不捉摸不成“器”也。而这种捉摸，早在一九七七年九月七日致朱德熙的信中已有：“最近发明了一种吃食：买油条二三根，劈开，切成一寸多长一段，于窟窿内塞入拌了碎剁的榨（此字似应写作鲊）菜及葱的肉末，入油回锅炸焦，极有味。”《家常酒菜》作于一九八七年，亦即意味着，十年时间，念念不忘，唯做法及文字踵事增华，更详尽之。馋人谈吃，引出其他馋人的津津口涎即不足怪了。

汪曾祺是小说家，其小说中有许多关于食物的描写，而其谈吃的随笔，亦有着小说的笔法，这是与知堂不太一样的地方。

“收萝卜时是可以随便吃的。和我一起收萝卜的农业工人起出一个萝卜，看一看，不怎么样的，随手扔进了大堆。一看，这个不错，往地下一扔，叭嚓：‘行！’于是各拿一块啃起来。甜，脆，多汁，难可名状。他们说：‘吃萝卜，讲究吃“棒打萝卜”。’”

“马齿苋开花，花瓣如一小囊。我们有时捉了一个哑巴知了——知了是应该会叫的，捉住一个哑巴，多么扫兴！于是摘了两个马齿苋的花瓣套住它的眼睛——马齿苋花瓣套知了眼睛正合适，一撒手，这知了就拼命往高处飞，一直飞到看不见。”

可见出，汪曾祺未及知堂的深邃，而其用笔之趣味，自有佳胜处。

谈吃，还有一种类似于“菜谱”的写法，汪曾祺采此体式极多，而知堂不太用。知堂谈干丝，有几句是此类，别处不多见，可在其日记里见到若干则，如：“上午食炸薄荷叶，甚可口，法摘薄荷嫩叶洗洁，以麦粉和水入少糖，霜菜拕之，用好麻油煠食，味甚佳。荷花瓣，慈姑片，苹果片，藿香菜均可煠，法亦同。”

汪曾祺的《肉食者不鄙》《家常酒菜》等文章是通篇用“菜谱”写法，而其他文字中也喜多多少少地采用。其专章“菜谱”多分小节，长短不一，多则几百字，少的，仅一行而已。前引已多有此类，再看“拌萝卜丝”：“小红水萝卜，南方叫‘杨花萝卜’，因为是杨花飘时上市的。洗净，去根须，不可去皮。斜切成薄片，再切为细丝，愈细愈好。加少糖，略腌，即可装盘，轻红嫩白，颜色可爱。扬州有一种菊花，即叫‘萝卜丝’。临吃，浇以三合油（酱油、醋、香油）。”

能够将“菜谱”写法成规模地文学化，是汪曾祺的一大“发明”。以前虽也有袁枚的《随园食单》，不过其中许多菜的做法是听来的，袁枚自己并不会做菜，其食单的灵巧之态及鲜活性，就要大打折扣了。汪曾祺的亲近庖厨、有心为之，使得他的书写“货源充足”、自在如意，即使随手写个把“菜谱”，也是毫无枯涩，好看得很。

4

写饮食，可有个人经验与典籍征引两种方式。周作人、汪曾祺的此类文章能够木秀于林，耐读性极佳，即在于将两者糅合得恰如其分。两人亦是有所偏重的，知堂喜旁征博引，汪曾祺多注重个人经验，当然这只是大致说来，不可定于一尊。

“羊肉粥制法，用钱十二文买羊肉一包，去包裹的鲜荷叶，放大碗肉，再就粥摊买粥三文倒入，下盐，趁热食之，如用自家煨粥更佳。吾乡羊肉店只卖蒸羊，即此间所谓汤羊，如欲得生肉，须先期约定，乡俗必用萝卜红烧，并无别的吃法，云萝卜可以去膻，但店头的熟羊肉却亦无膻味。北京亦有买蒸羊者，乃是五香蒸羊肉，非是白煮者也。”

知堂写羊肉粥及蒸羊，全然为经验之回顾，自是有温暖的情绪溢出。而汪曾祺考证“葵”这种菜蔬，也是颇见功力。他从汉乐府《十五从军征》之“舂谷持作饭，采葵持作羹，羹饭一时熟，不知贻阿谁”着手，考据葵到底为何物，《诗经》《齐民要术》《农书》《本草纲目》皆有记载，但还是搞不清在实际生活中是什么菜蔬，直到读吴其濬的《植物名实图考长编》和《植物名实图考》，才得知葵即为冬苋菜，而冬苋菜的庐山真面目，就需要生活经验的参与了，后来汪曾祺去江西南昌，看到街边有人洗一种不认识的菜，一问，乃冬苋菜，方恍然。这过程真是曲折有致，宛如探案故事。又如一九七三年二月一日致朱德熙信中谈道：

“‘居女’——‘粔籹’是不是就是麩？麦甘鬻谓之麩。鬻，熬也，就是炒。《方言》曰秦晋之间或谓之聚（详见《植物名实图考长编》卷一，四十七页）。麩从麦，也许粔籹是干煎的大米，那么，这就是如今的‘炒米’？凡炒米皆先蒸，正是所谓‘有汁而干’。”

与朋友作琐细的食物考据，追根溯源，兴致盎然。

写出好的饮食文字，要葆有一种不懈的兴致。知堂在少年时期的日记里，即经常记录日常的食物，如：“江南笋甚少，淡笋无大者，长只五六寸，百钱得六七支，切片同咸菜炒食甚好。士人颇珍之。然吾乡则为常物，以菘芥蔓菁视之，每斤只须青蚨数翼。”自二十世纪二十年代的《北京的茶食》《故乡的野菜》，至六十年代的《南北的点心》《茶汤》《陆奥地方的粗点心》等，知堂迤逦写来，可谓兴味不减，他曾说：“看一地方的生活特色，食品很是重要，不但是日常饭粥，即点心以至闲食，亦均有意义，只可惜少人注意，本乡文人以为琐屑不足道，外路人又多轻饮食而着眼于男女，往往闹出《闲话扬州》似的事件，其实男女之事大同小异，不值得那么用心，倒还不如各种吃食尽有趣味，大可读读也。”

汪曾祺的兴致，可从他的回忆中看出：“从我家到小学要经过一条大街，一条曲曲弯弯的巷子。我放学回家喜欢东看看，西看看，看看那些店铺、手工作坊、布店、酱园、杂货店、爆仗店、烧饼店、卖石灰麻刀的铺子、染坊……百看不厌。有人问我是怎样成为一个作家的。我说这跟我从小喜欢东看看西看看有关。这些店铺、这些手艺人使我深受感动，使我闻嗅到一种辛劳、笃实、轻甜、微苦的生活气息。”试想《异禀》中王二的熏烧摊子，汪曾祺能够将那些食物及买卖过程写得如此细致入微，即可知晓源头在哪里了。他的饮食文字，多存于往昔的记忆中，这记忆，似乎让我们看到了那个背着书包走在长长的街巷，东瞧西看兴味不减的小孩子。

知堂、汪曾祺的知识结构，可稍谈几句。以《吃菜》为例，略窥知堂，他征引了《南齐书·周颙传》、《论语》、李笠翁《闲情偶寄》、黄山谷题画语、《梵网经》《目莲问罪报经》、《旧约·利未记》、《入楞伽经》、莲池《放生文》、周安士《万善先资》、《好生救劫编》、《卫生集》、《文殊师利问经》、英国伯忒勒《有何无之乡游记》等，涉及经书、史书、佛家书、笔记，及外国书等，可谓信手拈来，杂学旁收，令人如入山阴道上，应接不暇。汪曾祺虽不及知堂广博深邃，但在喜读杂书这一点上，却是相似的。其偏好性明显，如方志、游记，读书论、画论，关于节令风物民俗、草木虫鱼的书，还有《梦溪笔谈》《容斋随笔》，甚至《宋提刑洗冤录》，都是他的喜好；具体到与饮食有关的，他对吴其濬的《植物名实图考长编》《植物名实图考》和王磐的《野菜谱》颇有兴趣，提及较多。有着如此的知识结构，知堂、汪曾祺的饮食文字，其隽永耐读，经得起时间的淘洗，就是自然的了。

5

津津乐道于饮食，且贯穿一生的写作，是周作人、汪曾祺的共同之处。优秀的作家对某一主题如此不离不舍，必然有其思想根源的缘由。在阐述自己的理念一面，作为思想家的周作人谈的要比汪曾祺多许多，这主要体现在其“人情物理”与“生活之艺术”论点上。

“我觉得中国有顶好的事情，便是讲情理，其极坏的地方便是不讲情理。随处皆是人情物理，只要人去细心体察，能知者即可渐进为贤人，不知者终为愚人、恶人。”人情物理由何得到呢？“道不可见，只就日用饮食人情物理上看出来，这就是很平常的人的生活法，一点儿没有什么玄妙。……盖我原是反对高头讲章之道，若是当然的人生之路，谁都是走着，所谓何莫由此道也。”他对日常生活之推崇无以复加，而饮食作为日常生活重要一环，赢得其青睐顺理成章，若说饮食之有道，不虚矣。

“生活之艺术”借自英国蔼理斯，周作人作了发挥，“生活之艺术只在禁欲与纵欲的调合”，“茶道的意思，用平凡的话来说，可以称作‘忙里偷闲，苦中作乐’，在不完全的现世享乐一点美与和谐，在刹那间体会永久”。其实，这也就是他极为认同的中庸之道（当然是经自己改造过的）。

周作人在多篇文章中引用清代焦循《易馀龠录》卷十二中的一段话：

“先君子尝曰，人生不过饮食男女，非饮食无以生，非男女无以生生。惟我欲生，人亦欲生，我欲生生，人亦欲生生，孟子好货好色之说尽矣。不必屏去我之所生，我之所生生，但不可忘人之所生，人之所生生。循学易三十年，乃知先人此言圣人不易。”

周作人于上面的话，再加强调：“中心思想永久存在，这出于生物的本能，而止于人类的道德，所以是很坚固也很健全的。”若说有一以贯之的“道”，那这就是他的道，亦即人本主义（他自己称之人生主义，“实即古来的儒家思想”），其一生的为文都是基于此而生发。

汪曾祺是一位直觉型的作家，他阐述自己理念的文字不多，是颇为朴素的“爱美者”。他曾说，“我还是接受儒家的思想多一些。我不是从道理上，而是从感情上接受儒家思想的。我认为儒家是讲人情的，是一种富于人情味的思想”，人情与人情味，这与周作人注重的人情物理显然属一脉。汪曾祺说自己喜欢这样的诗：“万物静观皆自得，四时佳兴与人同”，“顿觉眼前生意满，须知世上苦人多”。这些诗句，充溢着对世人与万物的同情及仁爱，其实是暗合焦循《易馀龠录》中所言的。

汪曾祺强调自己是“一个中国式的抒情的人道主义

者”，“我的人道主义不带任何理论色彩，很朴素，就是对人的关心,对人的尊重和欣赏”。他的许多小说和散文，写普通人的生活（包括饮食），及喜怒哀乐，缓慢的时间流程体现着人生的真义。“普通人身上的美和诗意”，是汪曾祺作品历久弥新的关键所在。

饮食之事，切入点极小，而其内里涵蕴的意味却是关涉人生之理念的，可追溯至思想的根源。周作人、汪曾祺写饮食文章，虽起始时间有所分别，但均是延续到各自的晚年，其间大有吾道一以贯之的意思。另具意味的是，两人都提及儒家思想，汪曾祺多为直感，从感情上来谈，而周作人对儒家思想的态度颇值得玩味，从抨击到部分接受，乃至进行以自我为主体的改造，达到了相当的深度。周作人、汪曾祺之坐而论食，冲淡的文字下，自有冰山潜藏着。

后记

写出这样一整本有关饮食的随笔文字，是我始料未及的。

初始的想法，不过是回忆一下往事——童年的那个段落。从何着手呢（亦即寻找某些承载体），想来大致有游戏、游览、玩具、食物、连环画等，总之就是亲历过的、有兴趣写的物与事，及其间的人。于是，动手写去，兴致颇好，成了若干篇章；不太意外，涉及食物的，写得多且快，可能是逗引起的记忆和情绪细密不绝的缘故。后因偶然的机缘，须多写些这一主题的文章，便暂将精神集中于此处，作一书写。

待得专注于一种题材，发现扩而延之是不可避免的。既是因童年之回忆再多，终究有其限度，也因系列文章层面之丰富性考虑。于是不再限定于稚童的阶段，且衍伸至更阔大的地域，写了一些成年后所居留及游历中尝到的食物，勿论吃过一回或许多回，共同点乃确为印象颇深，有兴味拿笔记它下来。

我不想用“饮馔”“饮膳”之类的词括言笔下的食物（“美食”称谓也不妥），因这些词实在太文雅、太正式，而记下的又实在是些寻常不过，乃至土膏气息极重的物什，如蒜、葱、芫荽、荆芥、甘薯、萝卜、甜瓜、瓜豆酱、腌蛋、变蛋、臭豆腐、蒸菜、甜汤、煎饼、焦叶、炒面、酿皮、卤煮、栲栳栳，又如酸啾啾、野樱桃、地皮菜、发菜、苦苦菜、车前草、婆婆丁、灰灰菜、茅针、槐花、榆皮等。这样一看，真是土气极了，一毫也无稀罕物，更不必说什么山珍海味，称它们为风物或许是切合的。

至于文章的写法，前提是对文章的看法。涉及饮食的文章，“格”最高的，能渗入历史与现实的思考，纵深感强，且具思想力度，能写成这样的少见，目力所及，能举出的例子似仅有周作人（他的许多文章谈吃，意却不在吃)；包含对自我经历的缅怀，民俗风土的记录，进入文化的范畴，涵蕴朴素的人道主义，汪曾祺、梁实秋、王世襄、唐鲁孙、邓云乡写的多数是这个意思；等而下之的，就是为吃而吃，文字油头滑脑，浮泛无意味了。

我写这一系列随笔，多用白描，重细节，详尽记下采集或品食的亲历，于食物的形态与制法，尽己所知描述之。平时喜读一些古书，若有适合材料，便引入文中(或附在文后)，可以使那些寻常物什的渊源更为凸显些，如小花小草，其实它们并非如此卑微，而是在历史与时代的纵轴上有过自己的光照的。

当手里的材料较为充足，也会写考据意味较重的随笔，主要收入辑三当中，虽然不过几篇而已。另有一篇较长的文章，是对周作人和汪曾祺的饮食类文章作比较研究的，算是一全面之梳理，此文的写作于我自己是重要的，如果说写这一系列随笔是有创作准备与理论基础的话，就是它了。

饮食，在习焉不察时是小事，而在某些紧要处又无可避免一变而为大事，累人不浅，灾祸重重，这是屡屡为历史所证实的。我想，一个专制、禁欲的社会，不仅在着装上造就满街尽是“蓝蚂蚁”，而且必定以消灭美好的食物为附带，因为专制者会有意或无意地察觉到，形而下的饮食在自由之烟火气的熏燎下，竟可悄然打开人们的心灵，怀疑现有的禁锢秩序，这可大大不妙，必欲除之而后快。饮食亚文化是民族文化的一部分，丢却它是文化失忆的前兆。而文字的留存，一是现实与过往的记载，更是对文化乡愁的提早怀旧。而我悲哀地发现，留给尚有心了解往事的人，只有靠不住的记忆与想象了。

图书在版编目（CIP）数据

故乡的味道 / 逄存磊著 .-- 北京：北京十月文艺出版社，2019.1

ISBN 978-7-5302-1883-9

Ⅰ．①故… Ⅱ．①逄… Ⅲ．①散文集－中国－当代 Ⅳ．① I267

中国版本图书馆 CIP 数据核字（2018）第 225097 号

故乡的味道
GUXIANG DE WEIDAO
逄存磊 著

出　　版　北京出版集团公司
　　　　　北京十月文艺出版社
地　　址　北京北三环中路 6 号
邮　　编　100120
网　　址　www.bph.com.cn
发　　行　新经典发行有限公司
　　　　　电话（010）68423599
经　　销　新华书店
印　　刷　山东鸿君杰文化发展有限公司
版　　次　2019 年 1 月第 1 版
　　　　　2019 年 1 月第 1 次印刷
开　　本　787 毫米 ×1092 毫米　1/32
印　　张　7.75
字　　数　103 千字
书　　号　ISBN 978-7-5302-1883-9
定　　价　58.00 元
质量监督电话　010-58572393
如有印装质量问题，由本社负责调换。